DAL DIARIO DI ERIK
(IO E LORELAI)

EPISODIO 5

IL TELEFONO SCARLATTO

Massimo Indrio

CAP. 1

Erano almeno vent'anni che il telefono scarlatto, nello stanzino proibito, non dava segni di vita ma io ne ricordavo ancora assai bene il suono pur avendolo udito una volta sola. L'aveva chiuso lì dentro mio zio Arcibaldo, contando o meglio sperando di non sentirne mai più lo sgradevole segnale gracchiante che ricordava così da vicino il verso di una cornacchia particolarmente stonata.

Dico scarlatto ma in realtà solo il suo corpo ovale e ricoperto di scaglie era di quel colore. La cornetta a forma di ali di pipistrello e il disco rotante erano invece del colore della notte. Infine i numeri, che in realtà non erano numeri ma soltanto dei simboli incomprensibili, erano d'oro, così come le tre zampe di civetta che sostenevano tutto l'apparecchio.

Fu lo zio Arcibaldo a comprarlo ad un'asta pagandolo una cifra folle contro il parere assolutamente avverso di sua moglie Evelina.

Ricordavo bene quel telefono sebbene non lo vedessi da quando ero poco più di un bambino e ricordavo anche molto bene il giorno in cui lo vidi per l'ultima volta, poiché fu esattamente il giorno in cui mia zia Evelina scomparve nel nulla.

Mio zio dette la colpa della sparizione al telefono perché improvvisamente, pur non essendo attaccato a nessuna presa, si era messo a suonare con quel suono così sgradevole. Aveva gracchiato cinque o sei volte e poi si era zittito. Nessuno aveva avuto il coraggio di rispondere, anche se io lo avrei desiderato molto. Dopodiché Evelina era scomparsa. Lo zio pensò subito a cause soprannaturali ma io sospettai che se ne fosse andata di sua spontanea volontà perché arrabbiatissima per quell'incauto acquisto.

Ebbero inizio da quel momento tutta una serie di sfortunati eventi, e cioè la profonda depressione di mio zio Arcibaldo, le inquietanti apparizioni del fantasma del duca Sigfrido, il crollo improvviso dell'ala nord del palazzo, il fastidioso singhiozzo della cuoca Giuseppina, la decisione di mio zio di partire per il deserto del Gobi e infine la vendita all'asta della mia amata collezione di figurine. Tutte queste sventure segnarono indelebilmente la mia vita e fecero di me l'uomo che sono ancor oggi.

Sebbene lì per lì questa sequela di eventi dolorosi mi avesse piuttosto scombussolato, trovai in seguito la forza di reagire e ne uscii alfine fortificato. Anzi molto probabilmente devo a tutto ciò la mia ormai abituale noncurante impassibilità.

Prima però di raggiungerla, continuai per

lunghi anni ad odiare quell'apparecchio infernale a cui inconsciamente attribuivo anch'io la colpa di tutto ciò che era accaduto. Ecco perché udirne di nuovo lo sgradevole suono dopo così tanto tempo non mi fece proprio saltare di gioia.

Esitai a rispondere e così di nuovo il telefono, dopo cinque o sei gracchiate, tacque.

Lorelai fece capolino dalla porta e chiese: - Cos'era quel rumoraccio? Sembrava qualcuno che segava un tubo di plastica al rallentatore. -

Personalmente trovavo più calzante e anche meno cervellotico il paragone con la cornacchia stonata ma non persi tempo a discutere di questo e risposi: - Era il telefono. -

- Il telefono?! Ma che dici! Come poteva essere il telefono? Il telefono? Ma se il nostro telefono ha per suoneria la nona di Beethoven! -

- Non il telefono normale, quello scarlatto nello stanzino proibito. - precisai.

- Abbiamo un altro telefono? Vuoi dire un'altra linea telefonica? Perché io non ne so nulla? E dove sono le bollette di quest'altro telefono? Perché ha quella suoneria orribile? Perché non mi hai mai fatta entrare nello stanzino proibito? Sei forse Barbablù? -

Era la tipica raffica di domande di Lorelai alle quali era difficile rispondere perché quando eri arrivato all'ultima ti eri già scordato la prima, comunque feci del mio meglio: - Non sono Barbablù, lo stanzino proibito non è veramente proibito però ci sono dentro cose dalle quali è meglio stare alla larga, non so il perché di quel suono così sgradevole, non sono mai arrivate bollette perché quel telefono non è attaccato a nessuna presa e anche perché proviene direttamente dalla tomba di Assurbanipal, re di Babilonia. -

Mi ero infatti ricordato di aver udito mio zio Arcibaldo rivelare questo particolare per giustificare l'alto prezzo del suo acquisto durante l'ultima delle animate discussioni che aveva dovuto sostenere con la moglie.

Come allora mia zia, Lorelai fece un'acuta osservazione: - Ma a quei tempi non c'erano telefoni! -

A parte la mancanza dell'epiteto finale e cioè: - Imbecille! - questa era esattamente la stessa frase che Evelina aveva detto a mio zio.

Quando poi lui aveva replicato: - Ma non capisci? È proprio questo che lo rende un oggetto unico e di inestimabile valore! - mia zia aveva lanciato un acuto strillo, poi si era ammutolita, aveva fatto dietrofront ed era uscita dalla stanza, proprio mentre il telefono iniziava a gracchiare senza alcun motivo apparente.

Da allora non si era più vista.

Non mi sentii di ripetere a Lorelai la risposta dello zio Arcibaldo riconoscendone la logica un po' zoppicante, perciò mi accontentai di concordare con lei dicendo: - In effetti pare strano anche a me. Come anche mi pare strano che adesso abbia suonato di nuovo dopo una ventina d'anni di silenzio. -

- Erano vent'anni che non suonava?! -
- Già. -
Lorelai fece una smorfia, alzò lo sguardo al soffitto, si grattò la testa infilando le sue lunghe dita nel vaporoso cespuglio dei suoi capelli biondi e poi, dopo averci pensato su, disse: - Senti, piccioncino misterioso, perché non andiamo a dare un'occhiata là dentro? -

CAP. 2

Era talmente tanto tempo che non entravo nello stanzino proibito che non ricordavo neanche più cosa contenesse. Su quello stanzino erano sorte nel tempo strane leggende alcune delle quali talmente inverosimili che mi era sempre risultato difficile prestarvi fede. Avevo sentito dire ad esempio che chi varcava quella soglia avrebbe immediatamente contratto una febbre da cui non si sarebbe più liberato, frutto della maledizione del faraone Aspirino I fratello di Achenotep III, ma questa mi era sempre sembrata un po' troppo grossa. Qualcuno diceva poi che la mia trisavola Lucilla la Pazza avesse perso il senno dopo aver incontrato nello stanzino il figlio del padre di suo nonno. A sentirla così questa rivelazione può anche fare un certo effetto, ma se ci si pensa un attimo con maggiore attenzione si capisce subito che incontrare il proprio nonno dentro uno stanzino non ha mai fatto impazzire nessuno.

A parte queste storie fasulle, la verità era un'altra e cioè che in quello stanzino da generazioni i membri della mia famiglia avevano accantonato tutti gli oggetti che nascondevano in sé qualcosa di strano, di misterioso e soprattutto di potenzialmente pericoloso. Io stesso vi avevo messo due o tre cose di questo genere e cioè il falcetto rotante di mago Melchiorre, la corda autostrozzante del negromante Bogus e il cd con la musica ipnosoggiogante di una tribù di cannibali del Kurumbo Matango.

Avevo dunque le mie buone ragioni per esitare ad aprire quella porta, ma alla fine mi decisi ad entrare pensando che se il telefono si era rifatto vivo ci doveva essere un valido motivo ed io intendevo scoprire quale fosse. Presi però le mie precauzioni. Amo l'avventura ma non i rischi inutili. Ho infatti sempre avuto molta considerazione per quel proverbio che dice "Lo sciocco osa ove il coraggioso arretra". Per farla breve andai a prendere la mia fedele pistola Fergusson k16 a doppia canna oblunga col rinforzo in carbonio e tenendola ben stretta in mano mi approssimai al vecchio ma robusto portoncino dello stanzino proibito.

Per prima cosa staccai il cartello che mio zio vi aveva appeso con su scritto "Lasciate ogni speranza o voi che entrate" perché mi sembrava leggermente esagerato, quindi infilai la grossa chiave nella toppa e feci scattare la serratura.

— Che emozione! - disse Lorelai che mi stava alle spalle - Non vedo l'ora di andare a curiosare tra tutte quelle cose strane! -

Mi voltai e la guardai diritto nei suoi occhi azzurri e dalla mia espressione contrariata capì subito di aver detto la cosa sbagliata.

- Ma piccioncino scorbutico... - mugolò, ma non poté finire perché la zittii baciandola sulla bocca e mangiando così mezzo chilo circa di rossetto. Poi le dissi: - Sai Lorelai, mi dispiacerebbe molto perderti. -

- Cosa vuoi dire? -

- Che se ci tieni alla pelle farai meglio a non toccare nulla. -

Mi sorrise e rispose: - Promesso. - ma avrei scommesso una cena al ristorante di Peppino Mastrocece che la mano che quella furbetta nascondeva dietro la schiena aveva due dita incrociate.

- Stai dietro di me - le dissi - e non ti spaventare della prima cosa che vedrai. -

Infatti non appena aprii la porta udimmo un ruggito terrificante e vedemmo sbucare dall'oscurità un enorme leone che si scagliò diritto contro di noi con gli artigli sfoderati e le fauci spalancate. Lorelai gettò un grido e si rannicchiò dietro di me, ma il leone, giunto sulla soglia, scomparve come l'immagine di un sogno al mattino.

- Questa volta era un leone, l'ultima volta era un drago e la volta prima un'arpia. - le spiegai - Sono solo immagini generate dal Cilindro di Ollatrep, un generatore di ologrammi tridimensionali che si aziona automaticamente aprendo la porta. Mio zio Arcibaldo ha pensato bene di piazzarne uno a guardia dello stanzino proibito, per scoraggiare i visitatori. -

- Ma che bella idea! - commentò Lorelai riprendendo fiato e colore - Proprio una bellissima idea! Per poco non ci rimanevo secca! -

- Sì hai ragione, in effetti mio zio è sempre stato un po' esagerato. -

- Non ce l'avevo con lui ma con te, che non mi hai avvertita! -

- Ma io ti avevo avvertito. -

- Ma stai zitto! -

Lasciai cadere la conversazione ed entrai nello stanzino accendendo la luce. Non me lo ricordavo così zeppo di oggetti. C'era un grosso armadio vecchio almeno di due secoli, un sarcofago egizio con tanto di mummia, un grande tavolo antico ingombro di scatole, astucci, cofanetti, borse, pistole, pugnali e poi dappertutto casse, bauli, forzieri, spade, scimitarre, alabarde e tanta altra roba non facilmente identificabile.

Come c'era da aspettarsi Lorelai mi superò ed entrò per prima battendo le mani ed esclamando: - Che bello! Quante cose affascinanti! - ma quando ebbe battuto le mani per tre volte, la mummia si risvegliò, uscì dal suo sarcofago e la prese per il collo.

Con la lingua fuori un palmo dalla bocca, l'imprudente fanciulla veniva sbatacchiata in qua e in là e certamente sarebbe finita male se io non avessi afferrato una grossa scimitarra e non avessi con quella staccato di netto la testa a quel redivivo assassino imbalsamato.

Lorelai si lasciò cadere su una grossa sedia imbottita stranamente sgombra di oggetti e disse massaggiandosi la gola: - Accidenti piccioncino, chi se l'aspettava? Io però non avevo toccato nulla. -

- Lo so, ma qui dentro non c'è mai da stare tranquilli. -

- Mamma mia, mamma mia. - disse continuando a massaggiarsi il collo - Forse è meglio se ti aspetto fuori. -

- Mi sembra una buona idea. -

Prima di uscire però, gettò un'occhiata al grosso armadio di fronte a lei e domandò: - Cosa significa quell'iscrizione lassù: "Extra habitas inferus malum"? -

Non appena ebbe pronunciato queste parole, le ante dell'armadio si spalancarono e all'interno dell'antico mobile si aprì un baratro dal quale fuoriuscirono fiamme, fumo e uno stridore infernale. Ne uscì anche un nugolo di pipistrelli giganti e una voce terrificante risuonò dicendo: - Chi ha osato proferire la frase maledetta dopo quattromila anni?! -

- Presto, Lorelai! - esclamai - Andiamocene da qui! -

Riuscimmo a stento a gettarci fuori della porta che io richiusi prontamente alle mie spalle con un calcio. Udimmo provenire da dentro un boato e una serie di schianti che andarono via via diminuendo d'intensità fino a scomparire del tutto. Evidentemente quel portoncino era non soltanto molto robusto ma anche di un legno ricavato da un albero dalle virtù magiche.

Lorelai si rialzò e mentre si spolverava diceva a sua discolpa: - Mi avevi detto di non toccare niente ed io infatti non ho toccato niente, ma come facevo a sapere che dovevo anche stare zitta? -

- So che è una cosa che ti riesce particolarmente difficile. - risposi cercando di essere comprensivo ma mi venne il dubbio di non aver detto la cosa giusta.

- E ora come facciamo senza il telefono? Io lì dentro non ci torno nemmeno morta. -

- Non ce ne sarà bisogno. - dissi mostrandole il telefono scarlatto che ero riuscito ad afferrare al volo prima di tuffarmi fuori dalla porta.

CAP. 3

- Bravo patatino! - esclamò Lorelai gettandomi le braccia al collo - Non so proprio com'hai fatto ma sei stato bravissimo! -

- Allora merito un premio, non credi? - le chiesi mentre ci dirigevamo verso il salotto giallo.

- Penso proprio di sì. Chiedi pure quello che vuoi. - rispose con un sorrisino malizioso che faceva supporre che si attendesse da me chissà quale richiesta, ma io le dissi semplicemente: - Bene, allora per favore non chiamarmi mai più patatino. -

- Se è solo questo che vuoi, - replicò un po' risentita - non dubitare, sarai accontentato. - ma poi si distrasse subito osservando il telefono che nel frattempo avevo appoggiato sul grosso tavolo di noce ed esclamò: - È bellissimo! -

In effetti lo era. Stranamente la polvere, nonostante il lungo tempo trascorso, non vi si era depositata sopra. Pensai che forse era stata respinta da un campo energetico che l'apparecchio generava intorno a sé.

Le scaglie rosse di cui era ricoperto mandavano riflessi iridescenti mentre la cornetta intagliata e il disco con i simboli bianchi al posto dei numeri erano di un nero così intenso che sembrava fagocitare la luce intorno a sé.

- Chissà quando suonerà di nuovo. - disse Lorelai sedendosi rattristata davanti al telefono ed appoggiandosi sui gomiti.

Aveva appena pronunciato queste parole che le nostre orecchie vennero di nuovo percosse dall'orrendo gracchiare col quale quello strano apparecchio, seppur raramente, era solito esprimersi.

Feci per rispondere ma Lorelai fu più veloce di me.

- Pronto? - cinguettò - Sì? Chi? No. Okay, va bene. Non fa niente, si figuri. Arrivederci. - e riattaccò. Poi, rivolta a me, fece una risatina e disse: - Che sciocca, ho detto arrivederci, ma al telefono sarebbe meglio dire arrisentirci. -

- Ma chi era?!?! - esclamai quasi infuriato perché aveva riattaccato.

- Ah, niente. Era uno che aveva sbagliato numero. -

- Ma come uno che aveva sbagliato numero!!! - esclamai del tutto imbestialito - Ma non lo vedi che questo telefono non è attaccato a nessuna presa? Non hai pensato di chiedergli chi era e da dove stava chiamando? -

- Accipicchia calmati, passerotto inferocito. Anche il mio cellulare non è attaccato a nessuna presa ma funziona lo stesso; e poi non mi è venuto in mente, però non è il caso di prendersela tanto. -

Aveva ragione, non bisognerebbe mai arrabbiarsi. Feci un profondo respiro e le domandai: - Che voce aveva? Era un uomo o una donna? Chi stava cercando? -

- Era un uomo e cercava una certa Dominique Lefruit. Chissà, forse credeva di telefonare in Francia. -

Questo nome mi fece sobbalzare, perché durante una regressione autoipnotica verso vite precedenti che avevo eseguito qualche tempo prima, avevo ricordato di essere stato, durante gli anni della seconda guerra mondiale, un'affascinante spia francese di nome Dominique Lefruit che era riuscita ad infiltrarsi nell'entourage di Adolf Hitler ed era stata ad un passo dall'ucciderlo.

Lorelai mi cinse da dietro il collo con le braccia, mi baciò e mi disse: - Scusa patatino. Hai ragione, non avrei dovuto riattaccare così in fretta. La prossima volta rispondi tu. -

Nonostante mi avesse chiamato di nuovo patatino, la pace era fatta. Le mie arrabbiature con lei non duravano mai più di dieci secondi.

- Chissà quando risuonerà. - dissi - L'ultima volta è stato muto per vent'anni. -

- La penultima volta. - mi corresse lei.

- Prima che adesso suonasse di nuovo, avevo pensato di aprirlo per vedere com'era fatto. - dissi sollevando l'apparecchio e guardandovi sotto per vedere se c'erano delle viti.

Le viti però non c'erano, perciò lo riposai sul tavolo e alzai la cornetta portandomela all'orecchio ma non sentii nulla. Stavo per riappoggiarla quando mi parve di udire qualcosa, allora feci segno a Lorelai di fare silenzio e mi misi in ascolto. Udii così una musica molto tenue, come un coro di mille voci che sembrava provenire da molto lontano.

- Si sente una musica. - dissi a Lorelai.

- Ti avranno messo in attesa. - disse lei - A me però è venuta fame, vado in cucina a vedere se trovo qualcosa da sgranocchiare. È rimasto qualche biscotto ungherese? -

Detto questo si allontanò ed io rimasi da solo a tu per tu con quello strano apparecchio.

CAP. 4

Con l'orecchio attaccato alla cornetta, continuavo ad ascoltare quella musica celestiale che mi aveva completamente rapito. All'improvviso però s'interruppe e una voce maschile mi chiese: - C'è Dominique Lefruit? -

- Sì, sono io. - risposi d'impulso, ma poi mi corressi - Cioè, volevo dire: ero io. -

- Sì lo so, non importa che mi spieghi. La chiamo dall'Ufficio Correzioni. Sappiamo che lei è riuscito in qualche modo a ricordare la sua vita precedente. Se non l'avesse fatto non saremmo stati a disturbarla. In quella vita è stato commesso un piccolo errore e se lei acconsente, noi potremmo rimandarla lì per correggerlo. -

Non ero certo di aver capito bene, perciò chiesi: - Quale errore? Chi lo avrebbe commesso? -

- Si ricorderà di essere morto, o meglio morta, a Berlino, una sera d'autunno, sotto la pioggia, investita da un autobus, tra le braccia del suo fidanzato, il tenente Gert Von Krapfen. -

- Sì, lo ricordo bene. -

- Ecco, in realtà non sarebbe dovuta andare così. Dominique avrebbe dovuto schivare l'autobus, sopravvivere e portare a termine la sua missione. -

- Cioè uccidere Hitler? -

- Precisamente. -

- E voi questo lo chiamate un piccolo errore?! -

- Un errore imperdonabile lo so, ma che poi è stato rimediato in altro modo. -

- Ma com'è potuto accadere? -

- Gli addetti a tessere le trame del destino avevano avuto qualche problema. Alcuni fili si erano intrecciati e ne era risultato un groviglio difficile da districare. Come le ho già detto l'errore è stato comunque rimediato, però il grande arazzo della creazione adesso in quel punto ha un rammendo non molto bello a vedersi, ma se lei è disposto a collaborare tutto potrebbe tornare perfettamente a posto. -

- Ritornare al tempo della guerra solo per aggiustare un rammendo? No, grazie. - risposi convinto - Anch'io ho senso estetico ma mi sembra che il gioco non valga la candela. E poi cambiando il passato immagino che cambierebbe anche il presente, cosicché la mia vita attuale ne risulterebbe modificata. Non frequenterei più la scuola esoterica sul monte Arius, non parteciperei più al ritrovamento dell'antica città di Shangri-La, non incontrerei più Lorelai, non vincerei più il premio 'Arca di Noè' e così via. -

- Niente di tutto questo. Come le ho già detto è stato fatto un rammendo, per cui da quel punto in poi tutto è scorso regolare, così come doveva essere. Niente perciò nella sua vita attuale cambierebbe. Guardi, le do due buone ragioni per accettare: la prima è che potrebbe scoprire qualcosa di molto interessante, qualcosa che non ha fatto in tempo a scoprire durante la sua regressione ipnotica. -

- Riguardo a che cosa? -

- Sarebbe più giusto dire riguardo a chi. -

- Al tenente Gert Von Krapfen! Era Lorelai! - esclamai di getto.

- Chi gliel'ha detto? Era un'informazione riservatissima! -

- Il mio sesto o settimo senso, credo. Devo ammettere che questa notizia è davvero molto interessante. -

- Accidenti, non era nei piani che lei sapesse questo fin dall'inizio. -

- Beh, non mi sembra una cosa tanto grave. Ditemi piuttosto la seconda buona ragione. -

- La seconda ragione è che il nostro Principale, che poi è anche il suo e quello di tutti quanti, le sarebbe infinitamente grato. -

- Va bene, accetto. - risposi senza esitare. Quest'ultimo era infatti un motivo che non poteva essere ignorato.

- Avrei però due cose da chiedere. - aggiunsi

- Quando potrò fare ritorno alla mia vita attuale? E poi, mentre sarò lì nei panni di Dominique Lefruit, mi ricorderò della mia identità di adesso? -

- Riguardo alla prima domanda, la risposta è che potrà fare ritorno quando le cose, in un modo o nell'altro, si saranno sistemate. -

- Il che in pratica non vuol dire assolutamente niente. -

- Invece riguardo alla seconda domanda, non mi hanno dato istruzioni precise, perciò penso di poter lasciare a lei la scelta. -

- A me? Allora scelgo di ricordarmi di chi sono adesso. -

- Come vuole. Le auguro buona fortuna. -

- Cioè 'parto' subito? -

Non sentii alcuna risposta ma solo la voce di Lorelai che tornando dalla cucina con la scatola di biscotti ungheresi, mi diceva: - Guarda, piccioncino telefonista, ti ho portato gli ultimi tre biscotti. E poi di' che non penso a te. - poi tutto si offuscò dinanzi ai miei occhi e mi ritrovai disteso, o meglio distesa, su un marciapiedi di Berlino illuminato da un lampione mentre pioveva a dirotto e un autobus si allontanava nella notte a gran velocità. Subito dopo vidi il bel viso di un giovane tenente che si chinava su di me. Aveva due baffetti sottili e l'espressione preoccupata.

- Ti sei fatta male, tesoro? - mi chiese aiutandomi a rialzarmi.

- No, credo di no. -

- Non so proprio come hai fatto a schivare quel tram. Per un attimo mi era sembrato che ti avesse investita. -

- Sottovaluti la mia agilità. -

- Se avessi tra le mani quell'idiota di un autista... -

Mi venne da sorridere vedendo che in questa vita era Lorelai a proteggere me.

- Vieni, ti accompagno a casa. - disse.

Acconsentii e il bello era che sapevo benissimo dove abitavo: in una mansardina di due sole stanze poche strade più avanti.

Era incredibile: ero sempre me stesso ma nello stesso tempo ero anche Dominique Lefruit e sapevo bene cosa dire e fare in quella realtà in cui ero stato appena catapultato. Ci baciammo ma non mi parve strano, perché come Dominique amavo quell'uomo e come me stesso amavo Lorelai e sapevo che lui era lei.

CAP. 5

Prima di entrare con falsi documenti in Germania ero stata l'assistente del professor Dimitri Genuflinski, un valente scienziato russo rifugiatosi a Parigi ai tempi della rivoluzione d'ottobre. Il grande studioso aveva scoperto una sostanza capace di ribaltare completamente l'indole di una persona, trasformando ad esempio un individuo triste in un allegrone, uno uggioso in un simpaticone, un criminale in un santo oppure un politico in una persona onesta. Si trattava senza dubbio di una grande scoperta di cui però il professore, come spesso fanno gli scienziati, non aveva considerato la pericolosità. Infatti come poteva volgere in bene il male, poteva anche fare esattamente il contrario. Troppo immerso nei suoi studi, egli non vi aveva semplicemente pensato. Ad ogni modo, una volta scoppiata la guerra, era subito apparso evidente che la sua invenzione sarebbe potuta servire per modificare l'indole del pazzo teutonico per eccellenza: Adolf Hitler. Io ero stata scelta per affrontare la rischiosa impresa per tre motivi: prima di tutto perché ero l'assistente del professor Genuflinski, poi perché ero un tipo sveglio e infine perché parlavo il tedesco bene come il francese.

Il problema maggiore era che l'unico modo per somministrare questa sostanza era farla assorbire attraverso i pori della pelle, come una spugna immersa nell'acqua o un biscotto inzuppato nel caffellatte. In parole povere, bisognava scioglierla nell'acqua calda di una vasca da bagno e immergervi poi il soggetto prescelto. Ora, trattandosi in questo caso di Hitler, la cosa non era facilissima. Accadde tuttavia che a un tratto tutto sembrasse incredibilmente concorrere al successo di questa audace impresa.

Ma cominciamo dall'inizio: prima di partire per la Germania Gert mi fu indicato come possibile aggancio per riuscire ad avvicinare il führer, giacché faceva parte del suo più stretto entourage anche se soltanto per meriti artistici. Era infatti il suo ritrattista ufficiale. Nominato inspiegabilmente tenente pur non essendo affatto un militare, il despota tedesco lo teneva presso di sé al solo scopo di farsi ritrarre di continuo nelle pose più pompose e trionfali. Gert non ne poteva più e meditava la fuga, ma per il momento era costretto a sopportare in silenzio. Detestava Hitler almeno quanto me e me ne accorsi subito, non appena lo incontrai, una sera in un bar dove lo vidi seduto ad un tavolino in disparte davanti a un boccale di birra.

Stava scarabocchiando su un foglio e i suoi disegni mi colpirono molto, perché erano quasi tutte caricature del dittatore in posizioni ridicole: su un cavallo a dondolo, su un vaso da notte, abbracciato a un würstel gigante e così via. Quando si accorse che lo stavo osservando da dietro, mancò poco che gli venisse un colpo per paura che io fossi una spia delle SS, ma lo rassicurai subito, quindi mi sedetti al suo tavolo e gli chiesi: - Sei un militare o un artista? -

- Artista per vocazione, militare per forza. - fu la sua risposta.

Ci guardammo negli occhi e fu il classico colpo di fulmine. Così il mio compito di entrare in amicizia con lui, che doveva essere per me solo un dovere, si rivelò invece un vero piacere. Passammo una bellissima serata. Sentivo che potevo fidarmi di lui e così gli dissi chi ero e lui promise di aiutarmi. Infatti dopo qualche giorno riuscì a farmi assumere dalla ditta incaricata di fare le pulizie nel quartier generale di Hitler, permettendomi così di avere libero accesso, un giorno sì e un giorno no, in quel covo di pazzi.

Lavoravo lì ormai da un paio di mesi quando mi capitò un insperato colpo di fortuna: Inga, la mia principale, una specie di tricheco dal granitico carattere teutonico, mi disse: - Erika (era questo il mio falso nome), da dopodomani preparerai tu la vasca da bagno per il nostro amato führer. -

Non potevo credere alle mie orecchie. Non avevo avuto tanta fortuna dal giorno in cui avevo vinto uno sbucciapatate a manovella a una fiera di paese.

Inga mi spiegò che Hitler ogni due giorni, prima di andare a dormire, era solito farsi un bagno caldo giocando con le paperelle e le navette da guerra, con in testa un elmo vichingo e ascoltando al grammofono la musica di Wagner. Mi raccomandò che la temperatura dell'acqua fosse esattamente 37° dicendomi che se avessi sbagliato di un solo decimo di grado avrei fatto la fine delle inservienti che mi avevano preceduto. Non volli approfondire circa la fine che avevano fatto, ma andai subito a comprarmi un buon termometro per essere sicura di non sbagliare.

Ma ecco che a quel punto, quando tutto sembrava ormai risolto, ogni ostacolo rimosso e la strada ormai in discesa, proprio la sera prima del fatidico giorno, vado a finire sotto il tram e muoio sul colpo. Roba da matti! Si può essere più sfortunati? Ero andata a cena fuori con Gert per festeggiare e al ritorno il destino mi aveva giocato questo stupido scherzo! La cosa lì per lì proprio non mi andò giù e protestai energicamente ma nessuno volle darmi retta e così mi dovetti rassegnare e mettere in attesa della mia prossima esistenza.

Ma adesso finalmente avevo avuto giustizia ed avevo una seconda chance. Mi trovavo oltretutto in una condizione assolutamente originale. Se infatti già sono poche le persone al corrente delle proprie vite passate, non credo ci sia nessuno che conosca la sua prossima vita. Io non solo la conoscevo ma venivo addirittura direttamente da lì.

Gert mi riaccompagnò a casa e salì su con me. Non facemmo l'amore perché eravamo tutti e due un po' nervosi, un po' per l'incidente appena scampato e un po' pensando all'indomani. Prima di andarsene (lui doveva rientrare tutte le sere nel quartier generale), si fermò un po' a parlare. Mi sedetti sulle sue ginocchia e ci mettemmo a guardare fuori di finestra i tetti bagnati di Berlino.

- Sarebbe stato terribile se proprio stasera ti fosse capitato qualcosa, zuccherino. -

Anche in versione maschile Lorelai non desisteva dall'affibbiarmi appellativi sdolcinati che però come donna potevo accettare più di buon grado.

- Vuoi dire - gli chiesi - che se invece mi capitasse qualcosa dopodomani, andrebbe bene? -

- Non dire sciocchezze, lo sai cosa volevo dire. -

- Sì lo so. - dissi alzandomi in piedi e serrando i pugni con lo sguardo fisso nel vuoto - Domani è il grande giorno. Finalmente getteremo via la mela marcia, schiacceremo lo scarafaggio, estirperemo il dente malato, annienteremo e dissolveremo una volta per tutte l'orribile incubo che da troppo tempo ormai sta appestando il mondo intero! -

Mi ero lasciata un po' trasportare, si vedeva

bene che non avevo seguito i corsi di meditazione e autocontrollo che tanta influenza
avrebbero avuto sul mio carattere nella mia
vita successiva.

Gert cercò di calmarmi dicendomi: - Non
schiacceremo e non annienteremo nessuno.
Con la tua polverina faremo invece il miracolo,
trasformando il male in bene. - Poi mi fece
bere una camomilla, mi prese in braccio, mi
portò a letto, mi rimboccò le coperte e mi dette
un bacio dicendo: - Ora rilassati passerotto,
domani sarà una lunga giornata. -

CAP. 6

In realtà non fu una giornata molto lunga e in un baleno mi ritrovai alla sera, al fatidico momento in cui dovevo preparare il bagno all'odioso tiranno dai baffetti alla Charlot.

Siccome era la prima volta che effettuavo quel servizio, Inga, la mia principale, rimase con me per istruirmi. Questo non l'avevo previsto. Con lei sarebbe stato più difficile sciogliere di nascosto la polverina nell'acqua. Pensai che forse sarebbe stato più prudente aspettare il giorno dopo ma ero troppo impaziente di portare a termine la mia missione e così decisi non rimandare.

Ero nervosa e ne combinavo una dietro l'altra. Dovetti anche riempire la vasca due volte perché la prima volta avevo invertito le cifre della temperatura e avevo messo l'acqua a 73° anziché a 37°. Quando Inga vi immerse la mano per controllare lanciò un acuto molto simile all'urlo guerriero delle Valchirie di Wagner. Imprecando e urlando che mi avrebbe mandata davanti al plotone d'esecuzione, se ne andò in cerca di una pomata lenitiva intimandomi di rimettere tutto a posto poiché stava per arrivare Hitler.

Bene, ero rimasta sola e potevo finalmente agire indisturbata. Asciugai in terra, vuotai la vasca e la riempii di nuovo d'acqua stavolta a 37°, misi in fila sul bordo le paperelle e le navette da guerra, preparai la spugna e il bagno schiuma alla violetta e finalmente tirai fuori di tasca il tubetto con la polverina 'magica' che avrebbe trasformato il lupo in agnello. Mi apprestavo a versarla nell'acqua, quando entrò il führer in mutande. Mi prese un doppio colpo: il primo perché mi aveva scoperta e il secondo perché Hitler in mutande faceva un certo effetto allo stomaco. Con un'insospettata agilità mi balzò addosso strillando come un ossesso: - Tradimento! Attentato! Guardie a me! -

Entrarono due nerborute SS che mi afferrarono e m'immobilizzarono. Ero in trappola. Hitler, sempre in mutande, sogghignava di fronte a me tenendo in mano il tubetto con la polverina che avrebbe dovuto cambiare le sorti del mondo.

- Allora carina, - mi disse con una faccia da maiale compiaciuto - mi volevi avvelenare, eh? -

Quell'idiota pensava che lo avessi voluto uccidere. Pensai che se fossimo stati nella mia vita successiva, a questo punto mi sarei sicuramente trasformato nel mostro Grunz dal folto pelo e i denti aguzzi e avrei sistemato tutto in quattro e quattr'otto, ma erano pensieri inutili. La situazione non sembrava lasciare molte vie d'uscita.

- Ma no, cosa vai a pensare? - provai a rispondere - Sono solo dei sali profumati. -

Hitler annusò il tubetto e disse: - Non credo proprio, non credo proprio. Come tu dovresti sapere, noi appartenenti alla pura razza ariana abbiamo un olfatto molto sviluppato e questi che tu chiami sali profumati non hanno proprio alcun odore. -

Dato che mi facevo poche illusioni su quale sarebbe stata la mia sorte, mi presi la soddisfazione di rispondere: - Veramente sapevo che erano i cani ad avere un olfatto molto sviluppato. Sei sicuro di appartenere alla razza ariana e di non essere piuttosto un cane barbone? -

Hitler perse completamente le staffe e urlò: - Un cane barbone?! Io, l'inviato di Odino, il detentore del martello di Thor, della sega di Bhal e della pialla di Zhot? Io, il grande iniziato della sacra loggia di Uhrl, della setta di Fwog e della congrega di Hort? Io, il grande Cavaliere di Puk, ministro di Nort, figlio di Unkhàn? -

- Ecco, quest' ultimo mi sembra il titolo più azzeccato. - commentai e tanto per togliermi un'altra soddisfazione, gli tirai anche un calcio in uno stinco.

Allora quell'ometto dai baffetti a cretino andò proprio fuori controllo iniziando a imprecare e saltando sull'altra gamba. Con un'altra pedata ben azzeccata gli colpii allora l'altro stinco e lui allora si mise letteralmente ad ululare.

Purtroppo erano magre soddisfazioni per chi sperava fino a pochi minuti prima di cambiare l'ululato del lupo nel belato dell'agnello, ma bisognava accontentarsi.

Hitler mi guardò con occhi di fuoco, poi ordinò ai suoi scagnozzi di tenermi la bocca aperta e mi fece ingoiare a forza, pensando che fosse un veleno, tutta la polverina contenuta nel tubetto.

Pazzo d'un pazzo! La polverina doveva essere assorbita attraverso la pelle e non ingerita! Nessuno poteva a questo punto prevedere cosa sarebbe successo. Mi sentii bruciare la gola e mi portai le mani al collo, poi le gambe non mi ressero più e caddi in ginocchio. Hitler, convinto di avermi avvelenata, si mise a sghignazzare insieme alle sue guardie.

Non ci potevo credere. Tanto valeva allora che fossi morta sotto il tram. Anzi sarebbe stato meglio perché sarei passata a miglior vita tra le braccia di Gert e non in mezzo alle risate di queste tre iene.

Ma ecco che improvvisamente il calore dalla gola mi invase tutto il corpo che in pochi secondi si tramutò coprendosi di pelo e aumentando di dimensioni. Anche i miei denti aumentarono di dimensioni diventando delle enormi zanne, così come le mie unghie, che divennero lunghi ed affilati artigli.

Chissà perché, ma Hitler e le guardie smisero di ridere. Quindi in pochi istanti, loro e tutti i gerarchi nazisti di cui il grande palazzo era pieno, si ritrovarono nell'Aldilà a render conto dei propri misfatti. Era come se il loro quartier generale fosse stato improvvisamente investito da un tornado che non avesse risparmiato nessuno. Nessuno a parte Gert, naturalmente. Me lo caricai sulle spalle, detti fuoco all'intero edificio e saltai giù da una finestra del terzo piano. Corsi via nella notte tenendomelo a cavalcioni mentre il palazzo, sul quale ancora sventolava la bandiera con la croce uncinata, ardeva come un fiammifero.

Mentre galoppavo facendo balzi lunghi cento metri, pensai che forse era questa l'origine remota della capacità che avrei avuto nella mia esistenza successiva, di trasformarmi nel mostro Grunz. Mi voltai e vidi il volto un po' allarmato di Gert, allora gli dissi: - Non preoccuparti. Sono io, Dominique. -

Fece un sorrisino ma non mi parve granché rassicurato.

CAP. 7

Quando fummo in aperta campagna mi fermai e feci smontare Gert dalle mie spalle. Gli spiegai quello che era successo e lui mi disse: - Sei davvero tu, zuccherino? Non ci posso credere. Che artigli grandi che hai, e che denti grandi che hai! -

-Sì, sono per mangiarti meglio. Piantala per favore. Guarda che non sei Cappuccetto Rosso e soprattutto io non sono tua nonna. -

- Ma rimarrai così per sempre? -

- Cosa vuoi che ne sappia, spero proprio di no. Comunque sarà meglio sparire per un po', non vorrei che la gente, spaventata, si mettesse a rincorrermi con i forconi. Staremo nascosti finché non sarò tornata normale e anche finché le acque non si saranno un po' calmate. -

Feci risalire Gert sulle mie spalle e ripartii al galoppo verso sud. Avevo infatti deciso di raggiungere la Foresta Nera dove pensavo saremmo stati al sicuro.

Corsi per un paio di giorni finché non giungemmo a destinazione. Ci inoltrammo in un bosco talmente fitto che non fu difficile capire perché l'avessero chiamata Foresta Nera. Stavo correndo da un'oretta in mezzo agli alberi quando, avendo preso male le misure, feci battere a Gert una testata tremenda contro un ramo. Sul momento non me ne accorsi neppure, ma poco dopo me lo sentii penzolare lungo la schiena così mi fermai e lo adagiai sopra un mucchio di foglie.

Semisvenuto, farneticava: - Piccioncino, salgo un attimo in biblioteca, sulla torre, a cercare un libro sulle crostate... Dove hai messo quel sacchetto di monete d'oro che abbiamo trovato ieri in cantina?... -

Incredibile! Gert 'ricordava' cose della sua prossima vita, cioè di quando sarebbe stato Lorelai! Evidentemente anche lui, essendo stato riportato indietro nel tempo come me, conservava qualche reminiscenza della sua futura identità.

Siccome tardava a rinvenire, decisi di sfruttare il tempo a mia disposizione per fargli una sorpresa. Speravo sempre di riprendere il mio aspetto normale, però finché avevo quel vigoroso corpo da yeti era stupido non approfittarne.

Trovai lì vicino una radura e grazie alla mia forza e alla mia velocità, vi costruii in quattro e quattr'otto una baita molto accogliente, completamente arredata, col caminetto in pietra e con i fiori alle finestre. Quindi presi in braccio Gert e ve lo portai dentro, adagiandolo sul let-

to. Continuava a delirare. A un tratto esclamò:
- Per mille trinchetti, nostromo della malora! Dov'è finito quel barilotto di rhum che abbiamo preso a Maracaibo?! -

Mi chiesi quale vita stesse ora rivivendo. Una cosa era certa: aveva proprio battuto una bella zuccata!

Visto che c'era ancora da aspettare, presi del denaro dal portafoglio di Gert, giacché io non ne avevo, e ripercorsi di volata la strada da cui eravamo venuti finché non uscii dalla foresta e non incontrai una fattoria. Mi avvicinai di soppiatto alla casa e lasciai abbastanza denaro davanti alla porta, quindi mi misi una mucca sotto un braccio, un grosso sacco di sementi sotto l'altro, afferrai, una per mano, due stie piene di polli e scappai via di corsa.

Giunsi a casa all'imbrunire ma Gert non dava ancora segni di miglioramento, anzi gli era venuto un febbrone da cavallo. Continuava a farneticare rievocando episodi di vite vissute ai tempi degli antichi egizi, degli antichi romani, di re Artù, dei moschettieri... Allora mi precipitai fuori e costruii un recinto, una stalla, un magazzino e un pollaio e poi rientrai in casa dove trovai Gert che dormiva finalmente tranquillo e senza febbre. Vinta dalla stanchezza, caddi anch'io in un sonno profondo e dormimmo tutti e due per più di sedici ore filate.

Il giorno dopo portò con sé due belle novità: Gert stava benone, a parte un bernoccolo che pareva una cipolla, ed io avevo ripreso il mio consueto aspetto. Non ero più la possente e mostruosa creatura della sera prima ma ero ridiventata Dominique. Festeggiammo mettendoci a ballare davanti casa e questo mi fece ricordare Lorelai che era capace di danzare anche cuocendo due uova al tegamino. Beh, in fondo era sempre con lei che stavo ballando, anche se devo dire che in versione femminile aveva più grazia e leggerezza.

Da quel giorno iniziò per noi un periodo davvero straordinario perché grazie a tutto quello che mi ero procurata e che avevo costruito nelle mie ultime ore da mostro, avevamo tutto il necessario per vivere in completa autonomia. Quel luogo poi corrispondeva esattamente ai nostri più profondi desideri. Vivevamo immersi nella natura, un po' come Tarzan e Jane. Cita non c'era, ma tutto sommato non ne sentivamo la mancanza. Così, se all'inizio avevamo pensato di fermarci solo per un breve periodo, finimmo invece per rimanere lì per ben trent'anni. Il tempo sembrava essersi fermato, anche perché stranamente non invecchiavamo. Dopo tutti quegli anni eravamo infatti tali e quali al giorno in cui eravamo arrivati. Un mistero a cui non riuscivamo a trovare una risposta.

La nostra vita scorreva serena e tranquilla. Io mi occupavo dell'orto mentre Gert badava agli animali e devo dire che entrambi eravamo piuttosto bravi. Io ero riuscita ad incrociare alcune piante tra loro ottenendo frutta e ortaggi dalle caratteristiche a dir poco singolari. Fagioli grandi come patate, pomodori grandi come cocomeri, cocomeri grandi come pomodori, zucchine a caschi come le banane, mele dal sapore di ciliegia e pere dal sapore di fragola. Gert dal canto suo non si era messo, giustamente, a fare strani esperimenti sugli animali, ma era riuscito ad incrementare notevolmente il loro numero e la loro varietà. Dopo solo tre anni avevamo già tre mucche, un toro, ventiquattro galline, tre galletti, sei pecore, tre capre, un gatto, un cane e una giraffa. Cosa ce ne facessimo di quest'ultima non l'ho mai capito ma non potevo non dare ragione a Gert quando diceva che era molto bella.

Col tempo inoltre imparammo, sperimentandole su noi stessi, le proprietà di tante radici ed erbe che crescevano spontaneamente nella Foresta Nera. In questo campo facemmo delle scoperte davvero molto interessanti. A parte le erbe e le radici utili per combattere il mal di testa, il mal di pancia e cose del genere, ne trovammo altre dai poteri quasi miracolosi. Una per esempio ti permetteva di capire il linguaggio degli animali, un'altra ti trasformava in una farfalla, un'altra in una lucertola, un'altra ti faceva dimenticare tutto e un'altra ti faceva ricordare tutto.

Di solito nessuno si addentrava mai così tanto nella Foresta Nera da raggiungere la nostra radura. Solo una volta un uomo vestito di grigio e con una cartella sottobraccio sbucò davanti a noi come dal nulla. Incuriositi perché da anni non vedevamo anima viva, lo accogliemmo gentilmente, salvo poi scoprire che si trattava di un agente delle tasse che pretendeva di farci pagare anni di arretrati e multe a non finire per aver costruito senza permessi. Quella volta risultò molto utile l'erba che faceva dimenticare tutto. Gliene offrimmo una tazza e lo rimandammo indietro da dove era venuto, poi bevemmo un po' di quell'infuso che trasformava in farfalle e ci mettemmo a svolazzare di fiore in fiore per dimenticare lo spiacevole incidente.

CAP. 8

Finché un giorno le cose cambiarono. Certo era sciocco aspettarsi il contrario e cioè che qualcosa potesse durare in eterno in un mondo come il nostro in cui tutto è continuo cambiamento, ma devo confessare che il fatto di non invecchiare mi aveva portato per un attimo a credere nell'impossibile.

Una mattina, al nostro risveglio, trovammo la foresta avvolta in una fittissima nebbia. Nonostante Gert me l'avesse sconsigliato, volli uscire lo stesso e così dopo cinque minuti mi ero già persa. Cercai di tornare indietro ma non riuscivo più a trovare la strada di casa. Dovunque volgessi lo sguardo non vedevo altro che grigio. Provai a chiamare Gert ma per quanto forte gridassi la mia voce si spengeva subito, inghiottita dalla nebbia. Riuscii a non farmi prendere dal panico avendo per fortuna serbato in me qualcosa degli insegnamenti di autocontrollo ricevuti nella mia vita successiva dal maestro Astrakan Trazòff. Vagai per un po' alla cieca cercando di riconoscere a tastoni qualche albero o pietra che mi fossero familiari ma senza alcun risultato. Temendo di allontanarmi troppo, decisi di sedermi su un masso e di attendere che la nebbia si diradasse. Visto che dovevo star lì, mi misi a fare alcuni esercizi di rilassamento e concentrazione che avevo appreso sempre dal maestro Trazòff. Dopo circa un quarto d'ora vidi uscire dalla foschia e avvicinarsi a grandi passi l'ombra di un antico guerriero germanico, una figura imponente fatta anch'essa di nebbia. Si voltò appena a guardarmi tirando dritto per la sua strada. Non feci in tempo a riprendermi dallo stupore che vidi passare una carrozza settecentesca trainata da quattro cavalli, con due dame al suo interno e il vetturino a cassetta, anche loro tutti quanti formati dalla stessa nebbia "condensata". Passarono poi una vecchia signora, un uomo e una donna che discutevano tra loro, alcuni bambini che si rincorrevano, un uomo a cavallo ed altri personaggi, tutti vestiti con abiti del passato. Vidi passare anche un'antica Rolls Royce Silver Ghost fatta di nebbia con quattro persone a bordo.

Dopo averci pensato per un attimo capii che la nebbia aveva reso visibili ai miei sensi, acuiti dagli esercizi di meditazione, i corpi sottili degli spiriti che sono sempre intorno a noi ma che normalmente non riusciamo a vedere. In ogni caso sembravano non curarsi affatto di me, probabilmente perché non immaginavano che io li vedessi.

A un tratto ne entrò in campo uno che mi

parve particolarmente agitato. Era lo spirito di un giovane uomo vestito in abiti secenteschi. Camminava nervosamente avanti e indietro proprio davanti a me grattandosi la testa. Ogni tanto mi lanciava un'occhiata furtiva e due o tre volte si avvicinò come se volesse parlarmi, rinunciando però sempre al suo proposito. Decisi allora di rompere io il ghiaccio e gli chiesi: - Salve, c'è qualcosa che non va? -

Fece quasi un salto per lo sorpresa ed esclamò: - Allora è vero! Tu mi puoi vedere! Mi era sembrato ma non ne ero sicuro. -

- Ti vedo e ti sento. Forse è merito di questa nebbia. -

- Questa nebbia, questa nebbia... - disse facendosi improvvisamente serio e pensoso - È la stessa che avvolse il mio castello prima che arrivasse lei con i suoi lupi. -

Visto che non diceva altro, mi vidi costretta a chiedergli: - Lei chi? Quali lupi? -

- Ma come chi?! Lei, lei! Solo e sempre lei! Chi altri sennò? -

Evidentemente era troppo agitato per dare una risposta sensata, così gli dissi: - Se non me lo vuoi dire, non importa. - e mi girai altrove.

Dopo alcuni istanti di silenzio si decise a parlare: - Si chiama Volkjlla ed è la regina di lupi. Va sempre in giro scortata da una decina di loro. È bellissima. Ha la pelle bianca come un raggio di luna, i capelli lisci, lunghi e neri come la notte e due occhi che brillano nell'oscurità. -

Mentre la descriveva la sua voce aveva assunto un tono estasiato, ma subito dopo cambiò completamente registro e con accento allarmato esclamò: - Quella donna in realtà è un demonio! Tu devi fermarla! -

- Io? -

- Dimmi, c'è da queste parti un uomo giovane, forte e di bell'aspetto? -

- Sì, direi di sì. C'è Gert, il mio compagno. -

- Allora è lui che è venuta a prendere. -

- A prendere? -

- Ora ti spiego. Ogni trecento anni Volkjlla si mette in cammino per rubare il cuore di un uomo, all'inizio solo in senso figurato facendo innamorare di sé il malcapitato, ma alla fine in senso vero e proprio divorandoglielo letteralmente. Io lo so bene perché sono la sua ultima vittima. Giunse nel mio castello a Thurso, in Scozia, circa trecento anni fa. Tutti quelli che abitavano con me furono divorati dai suoi lupi ed io m'innamorai perdutamente di lei. Non mi devi biasimare per questo, perché nessun uomo che lei scelga per compagno può resisterle. -

"Io sì." pensai ma poi mi ricordai che in questa vita ero una donna. Facevo ancora un po' di confusione.

- Abbiamo vissuto insieme per trecento anni - continuò - senza mai invecchiare grazie ad un'erba che lei metteva nel nostro cibo, un erba che pensavo crescesse solo intorno al mio castello ma che invece ho visto anche qui, in questa foresta. -

Finalmente il mistero dell'eterna giovinezza era svelato!

- Sono stati trecento anni meravigliosi, anni di indicibili piaceri e voluttà, ma allo scadere di questo periodo incredibilmente lungo, l'ultima sera, durante la cena, lei mi spiegò candidamente che doveva per forza uccidermi e divorarmi il cuore.

Non è una cosa tanto carina da sentirsi dire mentre stai aggiungendo un pizzico di sale all'insalata che ti pareva sciocca. Comunque non ci fu nemmeno il tempo di replicare perché in quattro e quattr'otto mi ritrovai nel regno dei più. Hai capito adesso perché ti dico di fermarla? Lo devi assolutamente fare se non vuoi che il tuo compagno faccia la mia stessa fine! -

Più dell'idea che potesse essere ucciso e il suo cuore divorato, mi davano fastidio quei trecento anni di indicibili piaceri e voluttà che Gert avrebbe trascorso con quella donna lupo, senza contare il fatto che se lui fosse andato a trascorrere tre secoli in un castello in Scozia, sarebbe saltata anche la sua prossima rinascita nei panni di Lorelai ed io quindi l'avrei perso sia in questa vita che in quella dopo.

- D'accordo, - replicai - se tutto quello che dici è vero, concordo con te che quella tizia vada fermata. Però io che cosa potrei fare? -

- Da sola non molto ma in questa foresta oltre a te a al tuo compagno vive anche uno sciamano che penso ti potrà aiutare. Ho visto la sua casa mentre vagavo tra gli alberi. È a circa tre chilometri da qui andando verso est. Dunque mi prometti che cercherai di fermare Volkjlla? -

   - Sì, te lo prometto. -

   - Spero proprio che tu ci riesca. -

   - Beh, visto che sono già riuscita a far fuori Hitler... -

   - Chi è Hitler? -

   - Un altro pazzo che era a capo di un branco di lupi. -

   - Allora sei proprio la persona giusta. Finalmente posso mettermi tranquillo. - disse sorridendo per la prima volta, dopodiché svanì dinanzi a me.

Anche la nebbia si stava ormai diradando e questo era un bene da un lato e un male dall'altro perché se ciò che il fantasma aveva detto era vero, il dissolversi della foschia indicava che Volkjlla se n'era andata portandosi via Gert.

CAP. 9

Senza più quel maledetto nebbione, ritrovai facilmente la strada di casa e, com'era prevedibile, Gert non c'era più.

Insomma, sia in versione maschile che femminile, Gert (o Lorelai) si cacciava sempre in situazioni che mi costringevano a correre al suo salvataggio. Era evidentemente una costante del nostro rapporto che si riproponeva di esistenza in esistenza.

Decisi di andare a trovare lo sciamano di cui mi aveva parlato lo spirito nebbiforme. Dopo aver percorso circa tre chilometri nella direzione che mi aveva indicato, mi misi a cercare la sua casa ma non riuscivo a scorgerla da nessuna parte. Quando dopo più di un'ora la trovai, capii perché nei nostri giri esplorativi né io né Gert l'avevamo mai vista. Sommersa dalle piante e dai rampicanti, era infatti perfettamente mimetizzata nella vegetazione.

Bussai alla porta e lo sciamano venne ad aprirmi. Era completamente diverso da come me l'ero immaginato: estremamente elegante con un vestito di velluto verde e un maglioncino beige a collo alto, capelli ben curati e pettinati all'indietro, baffi, pizzetto e sul naso un paio di occhiali ultimo modello. La prima cosa che mi disse fu: - Salve, perché hai bussato invece di suonare il campanello? -

Il campanello? In effetti guardando meglio vidi che al lato della porta c'era un campanello con tanto di citofono.

- Non l'avevo visto. - mi scusai ma lui disse che non importava e mi fece entrare. All'interno non trovai il laboratorio ingombro di calderoni, boccette ed alambicchi che mi ero immaginata ma un ampio salotto con un bel tappeto in terra, divano, poltrone, radio, giradischi, televisore, frigobar e in un angolo anche un pianoforte.

- Prego accomodati, il mio nome è Popi, lo sciamano della Foresta Nera. Qual buon vento ti porta alla mia umile bicocca? Hai forse bisogno di qualche filtro o pozione che ti risollevi un po' il morale, che ti faccia ritrovare la voglia di vivere? Oppure qualcosina che ti apra un po' la mente, che ti aiuti magari a distinguere gli amici dai nemici o ti dia accesso ai reami ultrasensibili? Intanto che ci pensi ti preparo qualcosa da bere. -

Ma guarda un po', mi ero aspettata di trovare un vecchio eremita selvatico, vestito rusticamente e con una lunga barba bianca e invece mi ritrovavo davanti un dandy che avrei visto meglio nel centro di Londra o di Parigi.

Popi prese dal frigobar una bottiglia e riempì per me e per se stesso due bicchieri di qualcosa che supposi essere un liquore.

Avevo sete e lo bevvi tutto d'un fiato senza notare che lui non faceva altrettanto.

E così c'ero cascato (o meglio cascata) un'altra volta! Mi ero di nuovo fidata di uno sconosciuto, anche se raccomandato da quel tizio fatto di nebbia proveniente dal diciassettesimo secolo. Del resto me lo meritavo. Come si fa a fidarsi di uno che si chiama Popi?

La stanza iniziò a girare e tutto cominciò a confondersi nella mia testa. Mi rividi bambina mentre giocavo a 'schiaffo e pedata' con le mie amiche, poi mentre scappavo di casa per andare a fare l'acrobata nel circo Potrì e anche quando mi trasformavo in mostro e uccidevo il führer. Dopodiché iniziai a rivedere scene della mia prossima vita. Il periodo trascorso in Transilvania ospite del simpaticissimo conte Dracula, alcune scene a luci rosse insieme a Lorelai ed anche il momento in cui avevo ritrovato il telefono scarlatto che mi aveva fatto ritornare indietro nel tempo. Alla fine persi completamente conoscenza, ma non per molto tempo. Mi risvegliai infatti dopo pochi minuti senza neanche il mal di testa tipico del dopo sbornia.

- Molto interessante la tua storia. - disse lo sciamano sorridendomi col bicchiere ancora in mano, seduto sul mio stesso divano - Spero che tu non me ne voglia per questo piccolo tranello in cui ti ho fatta cadere ma tu capisci, non posso certo fidarmi del primo venuto. -

- Ma no, figurati. Capisco benissimo e spero che anche tu non me ne voglia per questo. - gli risposi prendendogli di mano il bicchiere e gettandogli in faccia il suo contenuto. Quindi mi alzai decisa ad andarmene ma lui asciugandosi il viso con un fazzoletto mi disse: - Aspetta, non scappare. Io posso aiutarti. Adam MacChicken aveva ragione. -

Mi fermai sulla porta e senza neppure voltarmi gli chiesi: - E chi è Adam MacChicken? -

- Il fantasma che ti ha mandato da me. -

Ero sempre arrabbiata ma mi voltai e... mi misi a ridere. La bevanda che gli avevo tirato in faccia aveva avuto su di essa un effetto veramente singolare. Il suo naso si era allungato di almeno dieci centimetri, ed anche le sue sopracciglia, i baffi e il pizzetto.

Bisogna riconoscere che non c'è niente di meglio di una buona risata per far sbollire la rabbia. Anche lui si mise a ridere e così alla fine decisi di rimanere.

Mentre mi sedevo di nuovo accanto a lui, mi disse: - Se vuoi salvare Gert dovrai andare fino in Scozia, al castello di Adam MacChicken vicino a Thurso, dove Volkjlla lo ha portato. Non sarà un'impresa facile, direi quasi impossibile senza il mio aiuto. -

Quindi si alzò invitandomi a seguirlo: - Vieni con me, ti darò un paio di pozioni che ti saranno molto utili, se le saprai usare bene. -

In fondo al salotto c'era una porta nascosta

da una tenda. Scostata la tenda e aperta la porta, entrammo in una grande stanza che finalmente corrispondeva all'idea che avevo della casa di uno sciamano. C'erano infatti grandi librerie piene di antichi volumi, drappi alle pareti con strani simboli disegnati sopra, lunghi tavoli ingombri di vasi, barattoli, bottiglie dal collo lungo, alambicchi, pestelli, provette e fornelli.

Su uno scaffale erano allineate una fila di ampolle contenenti liquidi di diversi colori. Popi ne scelse due, una gialla e una rossa, e me le porse dicendo: - Prendi. Bevile e avrai la meglio su Volkjlla. -

Le presi in mano e le osservai da vicino, quindi commentai: - Non ci sono scritti gli ingredienti. Di solito non ingerisco mai niente di cui non conosco la composizione. -

- Non ti fidi di me per via dello scherzo di prima, vero? Non capisci invece quanto mi è stato utile per conoscerti a fondo e capire in pochi istanti ciò di cui avevi bisogno? Non vuoi sapere a cosa servono queste due pozioni? -

- Sentiamo. -

- Hanno tutte e due un effetto permanente. -

Si cominciava male. Era come dire una strada senza ritorno.

- In passato ti sei trasformata in mostro, vero? -

- Lo sai benissimo. -

- Ebbene, la boccetta rossa ti darà la capacità di trasformarti di nuovo in quel mostro, ogni volta che vorrai. -

Ecco dunque una costante che mi accompagnava, pur con le dovute varianti, attraverso le mie diverse incarnazioni. Infatti ciò che nella mia prossima vita avrei potuto fare solo se provocato da qualcuno, ossia trasformarmi nel mostro Grunz dal folto pelo e i denti aguzzi, in questa esistenza l'avrei potuto fare addirittura a comando, sempre che lo sciamano dicesse il vero ed io avessi il coraggio di mandare giù il suo intruglio.

Siccome mi sembrava che Popi si aspettasse un commento da parte mia, mi sbilanciai in un conciso: - Interessante. -

- Solo interessante? Non t'impressioni molto facilmente, vero? -

- E quella gialla a cosa serve? - glissai.

- Uhm. Quella gialla serve a fare i gargarismi contro il mal di gola. -

- Cosa?! - esclamai stupita.

- Che c'è? Ti aspettavi qualcosa di più eclatante? Guarda che anche un buon collutorio è 'interessante', come dici tu. -

- Va bene, hai vinto. Lo ammetto, potersi trasformare in mostro a comando è una cosa fantastica e non solo interessante. -

- Così va meglio. Vedi, il giusto riconoscimento non è tanto per me quanto per le piante da cui sono estratte le pozioni. Se non dai loro il valore che meritano, poni un grave impedimento al loro potere che quindi non potrà agire appieno su di te. -

A dispetto della prima impressione che avevo avuto incontrandolo, Popi si stava dimostrando un buon sciamano. Decisi che potevo fidarmi di lui e gli dissi: - Va bene, è giusto. Adesso dimmi quella gialla a cosa serve. -

- Te l'ho già detto, a fare i gargarismi. -

Si mise a ridere: - Stavo scherzando. Quella gialla è una pozione molto particolare. Ti dà il potere di agire attraverso la tua ombra, cioè di staccarla da te stessa e mandarla a compiere qualcosa. Oppure può restare vicino a te ed aiutarti come fosse un altro te stesso. -

Ero tentata di rendergli lo scherzo dicendo: - Interessante. - ma non riuscii a trattenermi dall'esclamare: - Accipicchia ! -

CAP. 10

Ora che Popi aveva conquistato la mia fiducia, non mi restava altro che bere le due pozioni. Avrei voluto chiedergli se ci sarebbero stati effetti collaterali ma non volevo farla troppo lunga, perciò stappai le due boccette e ne trangugiai tutto d'un fiato il contenuto. Anche se il sapore non era male, qualche effetto collaterale ci fu. Mi trovai improvvisamente sospesa nello spazio al cospetto di un uomo dall'aspetto possente, con una lunga barba verde e un'ampia chioma di foglie sulla testa, come quella di un albero. Seduto su un trono ricavato da un tronco le cui radici sparivano nel nulla verso il basso, non mi disse niente ma semplicemente mi sorrise facendomi l'occhiolino con aria di complicità, dopodiché tutto svanì e mi ritrovai di nuovo davanti a Popi, lo sciamano, che mi chiese: - Hai visto re Florione? -

- Chi? -

- Niente, niente. Adesso proviamo subito se le due pozioni hanno avuto effetto. -

- Che cosa devo fare? -

- Stringi pugni e tendi tutti i muscoli del corpo. -

Lo feci ed immediatamente avvenne la trasformazione. Ero di nuovo il mostro grande e possente che ero già stata in passato.

- Mamma mia! - disse Popi - Così fai davvero paura! Adesso riempi bene d'aria i polmoni, trattienila per un attimo e poi buttala fuori tutta insieme rilassando i muscoli. -

Seguii le sue istruzioni e ritornai subito ad essere la Dominique di prima.

- Bene, la pozione rossa funziona benissimo. - disse Popi con aria soddisfatta - Ora però usciamo all'aperto perché quella gialla a volte può dare qualche problema. -

- Che tipo di problema? - chiesi preoccupata.

- Niente di serio. La difficoltà risiede nel fatto che l'ombra è per sua natura abituata a rifare sempre tutto quello che fai tu, perciò all'inizio, staccata da te, si sente un po' smarrita e può risultare quindi un po' maldestra. Ma dopo solo pochi minuti, non appena si rende conto delle proprie incredibili capacità, acquista sicurezza e diventa un partner eccezionale. -

Giunti sul davanti della casa, domandai: - Che cosa devo fare? -

- Per prima cosa devi dare un nome alla tua ombra. -

- Un nome? Dunque dunque, penso che la chiamerò Ombra. -

- Va bene. Adesso chiedigli di fare qualcosa. Tieni conto che lei può fare di tutto, anche quello che a te sembra impossibile. -

Dopo averci pensato un attimo, dissi: - Ombra, vedi quell'enorme masso laggiù? Prendilo e spostalo dietro alla casa. -

Vidi Popi impallidire, poi la mia ombra si staccò dai miei piedi e raggiunse il macigno, lo sollevò come se fosse stato di cartapesta, quindi con un balzo formidabile scavalcò la casa e lo andò a depositare sul retro di essa. Infine tornò al suo posto riappiccicandosi ai miei piedi.

- Come mai hai fatto quella faccia? - chiesi allo sciamano.

- Per tutte le ninfe dei boschi! Non ti avevo appena detto che all'inizio l'ombra può essere molto maldestra? Siamo usciti all'aperto proprio per evitare che facesse danni e tu le fai trasportare un enorme macigno sopra la mia casa! Per fortuna la tua ombra ha dimostrato di essere in gamba fin da subito, però confesso di aver sudato freddo. -

- Scusa, non ci avevo pensato. -

- Va bene, non importa. Ricorda che oltre a quelle che hai visto l'ombra ha tante altre capacità che ti potranno tornare utili: può assumere qualsiasi forma e dimensione, può sdoppiarsi, moltiplicarsi, diventare sottile come un foglio di carta, piccola come una formica oppure grande come una montagna. -

- Cos'è che non può fare? -

- Fammi pensare... Non può parlare, non può volare e naturalmente non può fare nulla dove non c'è luce, ossia al buio. -

- Con un simile alleato e potendomi trasformare in mostro, - dissi - liberare Gert sarà uno scherzo. -

- Non esserne troppo sicura, non si dovrebbe mai sottovalutare il proprio avversario. Buona fortuna Dominique. -

Popi mi tese la mano per salutarmi, ma io in questa vita ero una donna e perciò agii da donna: gli gettai le braccia al collo e gli stampai un bel bacio su una gota dicendogli grazie, e questa mia iniziativa non sembrò dispiacergli affatto.

Era giunto il momento di partire ma c'era una cosa che mi impensieriva e lo sciamano me lo lesse negli occhi.

- Che cosa ti preoccupa? Il lungo viaggio? -

- No, non è quello. Sono in pensiero per i miei animali e per l'orto. Chi ne avrà cura mentre io non ci sarò? -

- Oh, se è solo per quello, nessun problema. Chiederò agli elfi della foresta di occuparsene. Ne saranno felici. -

Quell'uomo era una continua sorpresa. E pensare che all'inizio avevo dubitato di lui! Lo salutai di nuovo e questa volta partii per davvero. Ripassai da casa, presi uno zainetto con un po' di provviste, salutai le mucche, il toro, le galline, i galletti, le pecore, le capre, il cane, il gatto e la giraffa, montai in bicicletta e mi misi a pedalare lungo lo stretto sentiero che serpeggiava attraverso la foresta.

Era triste abbandonare quei luoghi dove avevo passato tanti anni felici ma avevo un'impresa da compiere: salvare Gert da un terribile destino. Povero Gert, condannato a trascorrere trecento anni di indicibili piaceri e voluttà nelle grinfie di una donna incredibilmente bella! Si poteva pensare a qualcosa di più terribile? Per sua fortuna stavo correndo al suo salvataggio, forte dei poteri conferitemi dal grande Popi e ben decisa a non permettere che tale atrocità si compisse.

In fondo cosa avevo da fare? Solo raggiungere la Scozia, trovare il castello di Adam Mac-Chicken, affrontare un'orda di lupi famelici e sconfiggere la loro pazza capobranco divoratrice di cuori. Una bazzecola per la donna che aveva ucciso Hitler.

Mentre pedalavo in mezzo ai campi ormai fuori dalla foresta, mi tornò in mente ciò che mi aveva detto il fantasma di Adam MacChicken, ossia che nessun uomo poteva resistere al fascino di Volkjlla. Ero più che convinta che invece, volendo, e soprattutto pensando a me, Gert avrebbe anche potuto evitare di farsi abbindolare da quella sciagurata. Adesso la priorità era andarlo a recuperare ma dopo avremmo fatto i conti.

CAP. 11

Era incredibile come il mondo fosse cambiato negli ultimi trent'anni. Ero rimasta nella Foresta Nera con Gert per ben sei lustri senza alcun contatto col resto del pianeta e quest'ultimo era andato avanti senza di noi.

Una cosa era certa: il mondo del 1973 non era lo stesso che avevo lasciato nel 1943. Prima di tutto c'erano molte più automobili, più colorate di prima ma secondo me più brutte, a parte qualcuna. Poi c'erano più case. Dappertutto erano stati costruiti o erano ancora in costruzione enormi edifici che parevano giganteschi alveari. Eppure così a prima vista non mi sembrava che le persone si fossero trasformate in api. Comunque anche la gente aveva cambiato aspetto. La moda si era infatti incredibilmente evoluta. I vestiti erano molto più colorati di prima, molti uomini portavano i capelli lunghi e le donne indossavano gonne molto corte.

Anche se tutte queste novità m'incuriosivano, procedevo tuttavia speditamente per la mia strada. Pedalavo tutto il giorno col mio consueto aspetto, poi di notte raddoppiavo la distanza percorsa pedalando per un altro paio d'ore sotto forma di mostro. Di giorno non osavo trasformarmi per paura di essere vista e scambiata per uno yeti in vacanza. A volte quando ero in aperta campagna e non c'era nessuno, facevo pedalare un po' la mia ombra e in quel caso coprivo lunghi tratti in poco tempo.

Un pomeriggio che stavo procedendo lungo una strada nel nord della Francia, mi si affiancò un furgoncino Volkswagen tutto dipinto a fiori e ghirigori con dentro quattro hippies. Avevo imparato questo nome (che designava i giovani con i capelli lunghi e i vestiti colorati) leggendo 'en passant' i titoli di alcune riviste esposte fuori da un'edicola. Erano due ragazzi e due ragazze e mi offrirono di caricare la mia bici sul furgone e fare un pezzo di strada insieme a loro. Siccome ero un po' stanca, accettai volentieri.

Erano dei tipi veramente pittoreschi. Camicie a fiori, lunghe gonne arabescate, collane, orecchini e anelli orientaleggianti formavano il loro suggestivo abbigliamento e anche l'interno del furgoncino non era da meno, con un vecchio tappeto persiano in terra e coperte indiane sui sedili.

- Stiamo andando a un festival rock vicino ad Arras. - mi disse il guidatore - Vuoi venire con noi? -

Finora non mi ero mai concessa alcuna distrazione, ma dato che avevo già previsto di fermarmi per la notte vicino ad Arras e che quei quattro mi stavano simpatici, risposi di sì. Iniziammo a conversare e siccome non conoscevo nessuno dei musicisti rock che nominavano, una delle ragazze mi chiese: - Ma dove sei vissuta finora, in mezzo a una foresta? -

Quando risposi di sì, il loro interesse nei miei confronti aumentò e mi chiesero di narrare la mia storia. Siccome mi sembravano persone aperte ed ero curiosa di vedere come avrebbero accolto il mio racconto, decisi di metterli a parte di tutto ciò che mi era successo. Dissi loro che venivo dal futuro, che avevo ucciso Hitler, che avevo vissuto nella Foresta Nera per trent'anni senza mai invecchiare e che ora stavo andando in Scozia in bicicletta a salvare Gert dalle grinfie della regina dei lupi.

Rimasero a bocca aperta, poi si misero a ridere. Li avevo sopravvalutati, non avevano creduto a una sola parola di quello che avevo detto. Anzi, uno di loro mi chiese: - Di' un po', quanti spinelli ti sei fumata oggi per inventarti una storia simile? -

- Spinelli? Che cosa sono? - domandai e allora sì che si misero a ridere per davvero! Se non altro, bisognava riconoscere che erano gente allegra.

In realtà, giacché venivo dal futuro, avrei dovuto sapere di cosa stavano parlando ma succedeva a volte che alcuni ricordi della mia prossima vita passassero in secondo piano rispetto a quelli della vita presente.

Per tutta risposta una delle ragazze tirò fuori delle cartine e preparò in quattro e quattr'otto una lunga sigaretta, riempiendola con un'erba verde che non sembrava affatto tabacco. Quindi l'accese e dopo aver tirato una profonda boccata me la passò. Il suo gesto mi fece tornare in mente un episodio della mia vita futura, quando, durante un viaggio in America, un pellerossa chiamato Cervo Imbufalito mi offrì di fumare con lui il calumet della pace. Quando gli dissi: - No grazie, ho smesso da un pezzo. - si arrabbiò talmente che per un attimo temetti per il mio scalpo.

Non volendo commettere di nuovo lo stesso errore, presi al volo quello spinello e tirai anch'io una profonda boccata. Non che pensassi realmente che quei quattro allegroni avrebbero potuto scotennarmi, ma insomma perché sfidare la sorte quando se ne può fare a meno?

Prima di consumarsi del tutto, quel lungo spinello passò diverse volte dalle bocche (e dai polmoni) di tutti finché nel furgone non si formò una discreta nuvola di fumo.

I quattro buontemponi adesso ridevano più di prima, per qualsiasi sciocchezza venisse detta, ma io sinceramente non mi sentivo per niente cambiata. Mentre li osservavo incuriosita, mi chiedevo come mai quella roba non avesse avuto su di me lo stesso effetto esilarante. Poi mi accorsi che in realtà una parte di me aveva subito eccome gli effetti di quella fumata. La mia ombra infatti non solo se la rideva di gusto come tutti gli altri ma faceva anche cose molto più strane come trasformarsi in un barboncino, un maiale, un lampione, una sedia, un cactus o un tacchino. Aveva completamente perso la testa e ben lungi dall'obbedirmi, faceva tutto ciò che le saltava in mente. I miei compagni non si accorgevano minimamente di tutte queste sue esibizioni, un po' perché erano troppo distratti dal ridere e un po' perché c'era troppo fumo, sia nel furgone che nella loro testa.

Decisi di aprire un finestrino per fare uscire un po' di quella nebbia ma fu una mossa avventata, perché insieme al fumo fu risucchiata fuori anche la mia ombra.

Lanciai un grido: - Ferma! Ferma! È volata dal finestrino! -

Il guidatore inchiodò e tutti si voltarono verso di me. Uno di loro mi chiese: - Che cos'è volata fuori dal finestrino? -

Non me la sentii di dirgli che era la mia ombra, perché mi avrebbero presa per matta. Guardando fuori vidi chiaramente che non c'era più alcuna traccia di lei. Chissà dov'era andata a finire. Chi se lo sarebbe mai aspettato che quello stupido spinello mi avrebbe privata di un'alleata così preziosa! Oltretutto non avrei più avuto neppure un'ombra come ce l'hanno tutti, ma questo in fondo era il meno.

- No, scusate, mi sono sbagliata. - dissi raccogliendo da terra una foto con dedica di Janis Joplin - Credevo che la foto di questa vostra amica fosse volata fuori dal finestrino, ma invece eccola qui. -

- Di una nostra amica?! - disse una delle ragazze, dopodiché scoppiarono di nuovo tutti a ridere.

CAP. 12

Dopo tutto quel trambusto, il resto del viaggio fu più tranquillo e piacevole, perché finalmente i quattro hippies cessarono di sghignazzare come delle iene e misero su una cassetta di musica veramente molto bella. A poco a poco divennero tutti assorti e pensierosi e finché non giungemmo a destinazione non dissero più neanche una parola. Tutto sommato li preferivo così.

"A questo punto" riflettevo tra me "potrei andare ad Hollywood a girare un film intitolato 'La donna senza ombra'. Potrebbe avere successo."

Tirai un sospiro e poi mi consolai pensando: "Comunque mi resta sempre la capacità di trasformarmi in mostro. Spero che basti per recuperare Gert."

Arrivammo ad Arras all'imbrunire, attraversammo la città dove iniziavano ad accendersi le prime luci e dopo poco raggiungemmo il luogo dove si teneva il festival. Era un vastissimo campo tutto recintato, con qualche albero qua e là. In mezzo ad esso era stato costruito un enorme palco destinato ai musicisti. Non avevo mai visto tanta gente tutta insieme. C'erano migliaia di persone, tutte molto simili nell'aspetto ai miei compagni di furgoncino.

Scesi e salutai questi ultimi ringraziandoli del passaggio. Avevo deciso di non assistere al concerto ma di rimontare subito in sella e riprendere a pedalare verso nord. I miei amici però non ne vollero sapere e mi obbligarono ad entrare insieme a loro. Mi dissero che conoscevano qualcuno degli organizzatori che ci avrebbe fatti passare gratis. Dopo poco infatti eravamo già tutti dentro. Come ho già detto c'era una folla immensa ed io procedevo con difficoltà in mezzo a tutta quella ressa perché mi ero voluta portare dietro la bicicletta. Fatto sta che di lì a poco persi di vista tutti quanti e mi ritrovai da sola. Continuai comunque ad avanzare verso il palco facendomi strada non so come in mezzo a quella moltitudine di strani personaggi. Ogni tanto qualcuno mi offriva uno spinello ma rifiutavo sempre perché quello di prima mi era bastato.

Finalmente trovai un po' di spazio dove sistemarmi, proprio sotto un albero. Era un ottimo posto e si era liberato perché un tizio, credendo di essere un piccione o qualcosa del genere, era appena caduto giù da un ramo sulla testa di un altro che stava seduto lì sotto e tutti e due erano dovuti andare a farsi medicare. Appoggiai la bici contro l'albero e mi sedetti in terra davanti ad essa usando il mio zaino come cuscino.

Di lì a poco iniziò il concerto e il primo gruppo non fu niente di eccezionale, non proprio terribile ma niente a che vedere con la musica che avevo sentito sul furgoncino. Decisi di aspettare il successivo. Se anche quello fosse stato deludente avrei lasciato il mio ottimo posto a qualcun altro e me ne sarei andata.

Nel frattempo un grosso tizio semisepolto dai capelli e dalla barba seduto accanto a me mi offrì una caramella. Accettai ma non era una caramella.

Si può essere più idioti di così? Possibile che non avessi ancora capito in quale contesto mi trovavo?

- Non ti preoccupare, sorella. - mi disse - È roba forte ma dura poco. -

Gli avrei dato volentieri un pugno sul naso ma non ne ebbi il tempo. Vidi il cielo da nero diventare rosso, poi giallo, verde, lilla, a pallini e così via mentre intorno a me le cose e le persone cominciavano a distorcersi. Poi tutto scomparve e mi ritrovai di botto nella mia vita successiva, seduto sulla poltrona a scacchi nel salotto azzurro con Lorelai sulle ginocchia che mi diceva dandomi un bacio sulla punta del naso: - Che faccia stralunìta che hai, piccioncino. Ti è rimasto sullo stomaco lo sformato di cavolini di Bruxelles che ti ho preparato? Aspettami qui che vado a prenderti un bicchiere di succo di cetriolo acerbo. -

Mentre la vedevo allontanarsi, fui inghiottito dalla poltrona su cui ero seduto e mi ritrovai di nuovo nei panni di Dominique Lefruit in Germania al tempo dei nazisti. Le SS mi avevano scoperta e il plotone d'esecuzione mi stava scortando alla fucilazione. Giunti a destinazione mi misero spalle al muro, puntarono i fucili e mi spararono. Non appena i proiettili mi raggiunsero mi trasformai in una colomba bianca che volò verso l'alto mentre una voce diceva: - Non aver paura, è tutta un'illusione. Nessuno nasce e nessuno muore. -

Poi a un tratto tutto finì e mi ritrovai appoggiata al mio zaino, davanti alla mia bicicletta, con un'espressione da idiota sul viso.

Il tizio che mi aveva dato la caramella non c'era più però in compenso era ricominciata la musica e questa volta era una musica davvero scatenata. Aveva un ritmo trascinante e molti intorno a me si erano alzati e messi a ballare. Pensai di fare altrettanto e mi stavo appunto tirando su quando vidi tutti voltarsi verso il palco e iniziare a ridere e a battere le mani come se avessero visto qualcosa di inaspettato ed entusiasmante. Naturalmente volli guardare anch'io ma quelli che avevo davanti erano tutti alti come watussi perciò per quanto mi allungassi non riuscivo a vedere altro che le loro schiene. Alla fine decisi di salire sull'albero usando la mia bicicletta come scalino ma una volta lassù vidi una cosa che avrei preferito non vedere.

Sul palco c'era la mia ombra che faceva il

diavolo a quattro: ballava, si dimenava e saltava da tutte le parti. Non solo, si trasformava anche in mille modi diversi assumendo forme più che altro astratte che si scomponevano e ricomponevano al ritmo incalzante della musica.

Tutti pensavano che quegli 'effetti speciali' facessero parte dello spettacolo, perciò ero solo io tra tutte le migliaia di persone presenti a sapere di cosa si trattava. Avrei dato chissà cosa per andare a riacciuffare quell'irresponsabile ma un mare di persone mi separava da lei, perciò non avevo alcuna speranza di raggiungerla. L'unica cosa che avrei potuto fare era trasformarmi in mostro e guadagnare il palco con un paio di balzi, ma c'era il rischio di scatenare il panico tra il pubblico con conseguenze imprevedibili.

Mentre la guardavo esibirsi, mi chiedevo se avrebbe mai recuperato la ragione e fatto ritorno all'ovile. Forse tutta quell'euforia le veniva dal fatto di sentirsi finalmente libera, affrancata da un'antica e odiosa sudditanza. Beh, c'era chi veniva lasciata dal fidanzato, dall'amante o dal marito, io invece ero stata abbandonata dalla mia ombra.

Dal mio posto di vedetta sull'albero la vidi a un certo punto inciampare e cadere di sotto dal palco.

"Ben le sta, così impara a fare la pazza." pensai.

So che non ci si dovrebbe rallegrare delle disgrazie altrui, ma quando una si sente tradita e abbandonata come mi sentivo io difficilmente ragiona correttamente.

Visto che ormai l'avevo persa di vista, saltai giù dall'albero, presi zaino e bicicletta e facendomi faticosamente strada tra la folla, m'incamminai verso l'uscita. Una volta fuori dalla recinzione, montai in sella e ricominciai a pedalare. Quando fui in aperta campagna, lontana da occhi indiscreti, mi trasformai in mostro e partii verso nord veloce come un treno lanciato nella notte.

CAP. 13

Giunsi a Calais all'alba, naturalmente dopo aver ripreso il mio aspetto normale. Per il primo traghetto c'era da aspettare più di tre ore ma io avevo deciso di non perdere altro tempo perciò mi allontanai dall'abitato, mi ritrasformai in mostro, mi legai la bicicletta sulle spalle, mi tuffai nelle fredde acque della Manica e mi diressi a nuoto verso le coste inglesi. Dopo poche poderose bracciate ero già in vista delle bianche scogliere di Dover, ma quando ero ancora a qualche centinaio di metri dalla riva mi accorsi che sulla spiaggia c'erano alcune persone, forse pescatori oppure gente particolarmente mattiniera. Pensai che in tutti i casi non avrebbero gradito granché l'arrivo sulle loro coste di un mostro dall'aspetto inquietante come me, perciò prima di giungere a tiro dei loro sguardi, ripresi le mie consuete sembianze dimenticandomi che avevo lo zaino e la bicicletta legati sulla schiena. Il loro peso mi trascinò a fondo e così dovetti cambiare rapidamente strategia. Mi ritrasformai in mostro, slegai la bici, vi montai sopra e con lo zaino sulle spalle pedalai sul fondo del mare fino a riva, riacquistando il mio spetto normale solo nell'istante in cui, novella Venere, emergevo dalle acque.

Ero riuscita così ad evitare di essere rincorsa con i forconi come mostro, ma non avevo considerato che anche il veder uscire dal fondo del mare una giovane donna in bicicletta non è cosa di tutti i giorni. Mi vennero infatti tutti d'intorno chiedendomi chi fossi e da dove venissi. A quel punto mi sarei potuta inventare qualcosa di plausibile, magari che venivo da lì vicino, che ero una studiosa impegnata in un esperimento scientifico o una biologa interessata ai molluschi o che so io, ma invece non mi venne in mente niente e confessai loro candidamente: - Sono venuta in bicicletta da Calais. -

Come avevo già avuto modo di notare in altre occasioni, a volte la sincerità è la migliore strategia. Infatti tutti si misero a ridere dicendo: - E si aspetta anche che ci crediamo! Questa è un'altra che vuol finire sui giornali! Questi giovani d'oggi! Non sanno più cosa inventare! -

Insomma nessuno mi credette e tutti se ne andarono per i fatti propri. Cioè, tutti meno uno. Un ometto ben vestito, panciuto, pelato e con i baffi era rimasto infatti fermo al suo posto e continuava guardarmi sorridendo.

- Io ti credo, - mi disse - perché anch'io sono come te. -

- Cosa intende dire? -

- Ti prego, dammi del tu. - rispose avvicinandosi e tendendomi la mano - Piacere, mi chiamo Frederic Prock e sono anch'io un inventore come te. -

- Come me? -

- Ma certo! Suvvia, non rinneghiamo noi stessi! Noi siamo l'avanguardia dell'umanità, la luce del mondo! Non abbatterti, anch'io vengo spesso deriso da questi zotici, incapaci di riconoscere il genio anche quando se lo trovano davanti.

Vieni con me, abito a duecento metri da qui, così potrai asciugarti gli abiti bagnati e bere un po' di tè caldo. Intanto mi potrai spiegare, se vuoi, come sei riuscita a respirare sott'acqua e a resistere alla forte pressione e al freddo. Hai usato forse una pellicola termica trasparente? Un compensatore di pressione? Uno scambiatore d'ossigeno? -

L'idea di asciugarmi i vestiti e bere del tè caldo non mi dispiaceva per niente, perciò decisi di dargli spago ed accettai il suo invito.

Frederic Prock abitava davvero a duecento metri da lì, però in direzione verticale. La sua casa si trovava infatti in cima ad una bianca scogliera che si ergeva imponente a lato della spiaggia. Per raggiungerla bisognava arrampicarsi su per una ripida scaletta scolpita nella roccia e lunga appunto duecento metri. Oltretutto io mi dovevo anche portare dietro la bicicletta, e senza potermi trasformare. Per fortuna il mio amico inventore si offrì di portarmi lo zaino. Arrivai in cima con la lingua penzoloni e temetti che a quel punto lui potesse avere qualche difficoltà a credere che una fanciulla così sfiatata avesse avuto la forza di attraversare la Manica in bicicletta, ma per fortuna nel suo animo non sorse alcun dubbio del genere.

La scaletta scolpita nella roccia sbucava proprio accanto alla sua casa che si trovava molto vicino al bordo della scogliera. Era piuttosto piccola ma aveva accanto una specie di capannone dove probabilmente Frederic costruiva le proprie invenzioni. Una cosa era certa: da lassù si godeva una vista eccezionale, sia sul mare che su tutta la costa.

Entrammo e lui accese subito la stufa per farmi asciugare, poi preparò il tè e me ne mise una tazza in mano. Quando vide che mi ero abbastanza riscaldata, mi chiese: - Hai visto la mia stufa? Con cosa pensi che sia alimentata, legna, carbone o gas? -

Attese non più di mezzo secondo la mia risposta e quindi aggiunse: - Niente di tutto questo. Prova ad aprire lo sportello. -

Aprii ma dentro vidi solo un grande fuoco molto luminoso e molto caldo. -

- Non riesco a vedere bene, - dissi - c'è troppa luce. -

- Questa che hai davanti è la prima stufa ad aria del mondo, una mia modesta invenzione. - disse con un sorrisino compiaciuto - In fondo estrarre il calore direttamente dall'aria, o meglio dall'ossigeno contenuto nell'aria, era l'uovo di Colombo. Qualsiasi citrullo ci poteva arrivare. Bene, io sono quel citrullo. -

- Quel... citrullo? -

- Si fa per dire. Ora vorrei mostrarti un'altra cosuccia di cui vado particolarmente fiero. -

S'infilò una mano in tasca della giacca e ne estrasse una scatolina di fiammiferi che poi scosse per farmi sentire il rumore. Sembrava che all'interno vi fossero due o tre sassolini. Poi si mise a guardarmi con aria furbetta.

Siccome non andava avanti, gli feci: - E allora? -

Senza dire una parola corse fuori a prendere un vaso pieno di terra, lo posò sul pavimento e quindi mi mostrò tutto orgoglioso il contenuto della scatola di fiammiferi: una ghianda e una grossa pasticca azzurra.

- Stai a vedere. - disse. Infilò la ghianda nella terra, vi appoggiò sopra la pasticca e vi versò sopra un bicchier d'acqua. La pastiglia si sciolse completamente penetrando nel terreno, dopodiché non accadde più nulla.

Al mio sguardo interrogativo rispose: - Questo è il concime più potente del mondo capace di portare a completo sviluppo qualsiasi pianta in meno di un minuto, un'altra mia modesta invenzione. -

Mentre lo guardavo a bocca aperta gli chiesi: - Vuoi dire che tra meno di un minuto qui dentro ci sarà una quercia completamente cresciuta? Ma non c'è abbastanza spazio! E nel vaso non c'è abbastanza terra! -

Mi guardò con gli occhi sgranati ed esclamò - Maledizione! Non ci avevo pensato! -

Giusto in quel momento dal vaso si slanciò verso l'alto un arbusto che cresceva a una rapidità mai vista mentre le sue radici sviluppandosi a pari velocità, facevano volare in mille pezzi il vaso di terracotta. Il tronco divenne enorme in un attimo mentre decine di rami sbucavano in ogni direzione. Il tetto della casa venne scagliato verso l'alto spezzandosi, frantumandosi e trascinando nella sua rovina anche parte delle pareti. Infine l'albero, divenuto ormai grandissimo e non avendo il sostegno delle radici, s'inclinò su un lato e cadde giù radendo al suolo quel poco che ancora rimaneva in piedi della casa.

Noi non avevamo avuto neppure il tempo di reagire ed eravamo ancora lì seduti al nostro posto, io sempre a bocca aperta e con la tazza di tè in mano e lui con gli occhi sgranati. Solo un miracolo aveva fatto sì che rimanessimo illesi in mezzo a tutto quel cataclisma.

- Una scoperta davvero notevole, ad ogni modo. - commentai - Pensi che anche questa invenzione avrebbe potuto farla qualsiasi citrullo? -

- No. - mi rispose Frederic riprendendosi - Per questa ci voleva un citrullo particolarmente dotato. -

Cap. 14

Mi sentivo un po' in colpa perché era stato nella foga di mostrarmi le sue scoperte che Frederic aveva distrutto la sua casa

- Mi dispiace. - gli dissi dandogli una pacca sulle spalle e sollevando così dalla sua giacca un po' di quel polverone di cui eravamo entrambi ricoperti.

- Oh, non fa niente. - rispose - Non è la prima volta che faccio crollare la casa. Questo è uno dei motivi per cui la gente non mi prende sul serio. Ma non mi lascio certo abbattere da questi piccoli contrattempi, vuol dire che per un po' dormirò nel capannone e che ricostruirò la mia casa meglio di prima. Anzi, sarà l'occasione per sperimentare un'altra mia modesta invenzione: i mattoni di acqua compressa. -

Il suo indomito spirito di scienziato era davvero ammirevole.

- Ma ora dimmi di te. - continuò facendomi capire che intendeva proseguire la conversazione tranquillamente, come se nulla fosse successo - Spiegami come hai fatto ad attraversare la Manica in bicicletta. Confesso che sono molto curioso. -

Subito il mio cervello iniziò ad elaborare mille storie alla ricerca di qualcosa di plausibile da raccontargli, ma alla fine giunsi alla conclusione che sarebbe stato meglio dire la verità. Questo per due motivi: il primo era che la sincerità, se possibile, era sempre la scelta migliore e il secondo era che consideravo Frederic uno scienziato troppo bravo per riuscire ad ingannarlo su argomenti tecnici.

Ancora una volta la sincerità si dimostrò la carta vincente, perché il mio amico inventore rimase affascinato dal mio racconto che gli rivelava un aspetto della realtà a lui totalmente ignoto. Eventi come ricevere telefonate da uffici metafisici, viaggiare nel tempo saltando da un'esistenza all'altra, trasformarsi in mostri dall'aspetto terrificante, perdere la propria ombra e affrontare donne lupo, non facevano esattamente parte del mondo che aveva conosciuto fino a quel momento.

- Incredibile! - esclamò infatti - Non avevo mai sentito niente di simile. Come scienziato però, avrei bisogno di qualche riscontro. Sai, prima di attestare la veridicità di qualcosa, io sono abituato ad eseguire sempre un'infinità di esperimenti, di prove e controprove... -

Non lo lasciai finire perché avevo già capito dove voleva andare a parare. Senza dire niente strinsi i pugni, irrigidii i muscoli e in un istante mi trasformai in mostro.

- Per Giove, ti credo, ti credo! - esclamò sgranando gli occhi più di quando era crollata la sua casa. Quando ebbi ripreso il mio aspetto consueto, si sentì più rassicurato e aggiunse: - Spero che la mia mancanza di fiducia non ti abbia offesa. Era solo un dubbio di natura scientifica. -

- Sì sì, capisco. - dissi - Ora però ti devo salutare. È giunto il momento per me di saltare di nuovo in groppa alla bici e riprendere la mia pedalata verso nord. Grazie per il tè. -

Mi alzai ma lui mi fermò prendendomi per una mano: - Aspetta un momento, non posso lasciarti andar via così. Ti devo molto. Grazie a te le mie ricerche avranno da oggi un orizzonte più vasto. Hai detto che devi raggiungere la Scozia? Vieni con me, forse posso aiutarti. -

Procedendo a fatica in mezzo alle macerie e sempre tenendomi per mano, si diresse verso il capannone ed io lo seguii augurandomi che non mi facesse crollare in testa anche quello. Ma i miei timori erano infondati o quantomeno mal diretti perché non era del capannone che mi sarei dovuta preoccupare ma di ciò che vi era dentro, e cioè un razzo.

Era un piccolo missile, ritto sulla sua brava rampa di lancio come se fosse già pronto per il decollo. Notai però che partendo avrebbe sfondato il tetto, ma forse per il signor Prock, visto come aveva appena trattato casa sua, questo era solo un dettaglio insignificante. Anche se era un razzo molto carino, tutto argentato e con alcuni fulmini rossi e gialli dipinti sui lati, non era per questo meno inquietante.

- E questo cos'è? - chiesi rendendomi subito conto di non aver fatto una domanda molto intelligente.

Frederic infatti mi rispose: - Un pelapatate. -

- Volevo domandare - mi corressi - se è questo che mi volevi mostrare, oppure c'è anche qualcos'altro. -

- No, è proprio questo. - disse con lo stesso sorriso compiaciuto di quando mi aveva mostrato la sua stufa ad aria - Con questo missile sarai in Scozia in pochi minuti. -

Ahimè, dunque i miei timori erano fondati: quel razzo era per me.

Non che non ritenessi Frederic un bravo inventore, ma la sua ultima performance con la quercia a crescita rapida aveva messo in luce una certa sua tendenza a trascurare particolari a volte anche importanti.

Mi sarebbe scocciato alquanto ritrovarmi inaspettatamente sulla luna o su marte, anche perché avevo una missione da compiere, e cioè salvare Gert da quei trecento anni di indicibili piaceri e voluttà in compagnia della regina dei lupi.

Forse il mio amico inventore intuì ciò che mi stava passando per la mente, perché disse: - Non c'è niente da temere. Questo missile è guidato da un cervello elettronico a valvole incrociate perciò una volta impostate le coordinate del luogo di destinazione, il suo margine d'errore è nell'ordine di trenta metri al massimo. -

Beh allora... Se c'erano le valvole incrociate si poteva stare tranquilli. In effetti che motivo c'era di preoccuparsi, se c'erano le valvole incrociate? Presi lo zaino, la bicicletta e mi avviai verso il razzo un po' come Maria Antonietta verso la ghigliottina. Forse la mia sfiducia era un po' eccessiva ma bisogna tener conto che ero appena scampata per un pelo al crollo di una casa.

- Mi dispiace ma sul razzo non c'è posto per la bicicletta. - mi disse Frederic mentre stava sfogliando un librone appoggiato su un tavolo lì di lato - Temo che dovrai lasciarla qui. -

- Cosa stai cercando? - gli chiesi.

- Le coordinate. Qui sopra ci sono le coordinate di tutto il mondo. Dov'era il tuo ragazzo? In un castello nel nord della Scozia, vero? Mi pare tu abbia detto vicino a Thurso. Eccolo qui! Perfetto! Ti manderò a un paio di chilometri da lì, così avrai il tempo di studiare un piano d'azione. Adesso sali a bordo, chiudi lo sportello, sièditi e mettiti la cintura di sicurezza. A tutto il resto penso io. -

Ci salutammo con una stretta di mano, poi mi disse: - Buona fortuna. Ho già impostato le coordinate. Non appena sarai pronta inizierò il conto alla rovescia. -

Mentre salivo lungo la scaletta vidi il tetto del capannone che si apriva e questo mi rincuorò un po'. Dopo essermi seduta, mentre mi stavo ancora allacciando la cintura, pensai: "Ma chi me lo fa fare di partire con questo razzo? In fondo anche se arrivo due o tre giorni dopo non cambia mica nulla. Ora scendo e glielo dico."

Mi liberai dalla cintura, aprii lo sportello e stavo già mezza fuori quando il missile partì senza alcun preavviso, senza alcun rumore, senza alcuna fiamma né fumo né niente, silenzioso e velocissimo come una freccia scagliata verso il cielo. Avevo senza dubbio sottovalutato il genio inventivo di Frederic Prock.

CAP. 15

L'accelerazione era vertiginosa ed io ero rimasta appesa allo sportello ancora aperto, perciò non mi rimase altra soluzione che trasformarmi in mostro perché era chiaro che solo così avrei avuto la forza di non mollare la presa. Riuscii così a reggermi ma mi resi presto conto che tornare in cabina era tutta un'altra storia. C'era troppo vento perché lo sportello si riaccostasse permettendomi di rientrare. Cominciai allora a dondolarmi come un gorilla appeso a un ramo ma tutto ciò che ottenni fu di far inclinare il razzo e di farlo deviare dalla rotta prestabilita. Se infatti come donna non pesavo granché, anche perché ero sempre stata attenta alla linea, come mostro pesavo, penso, qualche quintale e tutto quel dimenarmi poteva portare solo a tre risultati: riuscire a rientrare, staccare lo sportello o far deviare il missile. Naturalmente io avrei scelto il primo ma invece mi toccò il terzo. Me ne accorsi perché vidi il razzo voltare il muso a poco a poco fino a girarsi completamente e ritornare indietro, ripassare sopra il capannone di Frederic, riattraversare la Manica e puntare deciso verso sud. A quel punto avrei voluto mollare la presa ma ero troppo in alto e non avevo nessuna voglia di trasformarmi in una frittata. Quando finalmente il razzo iniziò a perdere quota, prima di toccar terra ed esplodere insieme ad esso, mollai la presa e mi rannicchiai. Giunsi a terra con una notevole velocità ed iniziai a rotolare come un'enorme boccia da bowling. Alla fine della corsa trovai anche i birilli, con l'unica differenza che non erano birilli ma alberi, ben attaccati a terra con le loro forti radici. Il mio animo ecologista esultò per non averli sradicati ma non potei fare a meno di considerare che se invece fossero saltati per aria come fanno di solito tutti i bravi birilli, mi sarei ritrovata certamente con qualche livido in meno.

Appena mi fui ripresa dall'urto ed ebbi ripreso il mio aspetto normale, mi accorsi con sconcerto di avere un motivo in più per rallegrarmi di non aver abbattuto quegli alberi, in quanto erano tutti miei vecchi amici. Proprio così, li conoscevo molto bene uno per uno, poiché mi trovavo nientemeno che ai margini della Foresta Nera.

Mi sentivo come quando al gioco dell'oca finisci su una casella con su scritto "Torna alla partenza". Però se c'era una cosa che avevo imparato nella mia vita successiva e portato con me in questa esistenza come Dominique era che non bisognava mai perdersi d'animo.

Se infatti normalmente tutti noi conserviamo in fondo al cuore ciò che abbiamo imparato nelle nostre vite precedenti, io avevo la rara opportunità di usufruire di insegnamenti provenienti addirittura dalla mia vita futura. Pensandoci meglio però, ciò che stavo vivendo e che si svolgeva nel passato rispetto alla mia prossima vita, costituiva in realtà il futuro rispetto ad essa perché avveniva in tutti i casi dopo quello che avevo vissuto prima di tornare nel passato. Comunque meglio lascar perdere questi discorsi arzigogolati.

Mi sedetti su un masso e mi misi a pensare al da farsi. Mi sarei potuta procurare un'altra bicicletta e ripercorrere pedalando la strada già fatta, ma forse c'era una soluzione migliore. Alla fine decisi di tornare da Popi, lo sciamano. Come mi aveva aiutato una volta, poteva farlo ancora. M'inoltrai nella foresta, lungo quei sentieri che conoscevo molto bene e giunsi in breve davanti alla sua casa ben mimetizzata in mezzo alla vegetazione. Questa volta non bussai alla porta ma suonai il campanello che fece risuonare nell'aria alcune note de La primavera di Vivaldi.

Popi, elegante come al solito, apparve sulla porta ed esclamò: - E tu che ci fai qui?! Ti credevo in Scozia. - poi guardando in qua e in là chiese: - Dov'è il tuo fidanzato? Non dirmi che non sei riuscita a liberarlo. - e infine guardando in terra sotto i miei piedi domandò: - E la tua ombra dov'è finita? -

Per tutta risposta dissi: - Che ne diresti di farmi entrare? -

- Ma certo, scusami. Mi sono fatto prendere dalla sorpresa. Accomodati e raccontami tutto. -

Ci sedemmo nel suo ampio salotto e mi offrì una tazza di tè che però rifiutai ricordando quel che mi era successo l'ultima volta che ne avevo accettata una da lui, quindi gli narrai quanto mi era accaduto.

- È colpa mia. - disse alla fine - Avrei dovuto avvertirti che la cannabis fa perdere la testa alle ombre semidistaccate. Però non mi sembravi il tipo cui fosse necessaria una simile raccomandazione. -

- Guarda che di solito non faccio cose di quel tipo. -

- Ho capito, è stata colpa delle circostanze. Come disse quel tizio che aveva svaligiato una banca. -

- Non ho svaligiato nessuna banca. - ribattei seccata.

- Non mi fraintendere, io sono uno sciamano e sono abituato ad usare erbe di tutti i tipi, però quelle giuste al momento giusto, e sempre con uno scopo. Questo è molto importante. -

- Senti, ormai la frittata è fatta, e poi in fondo posso vivere benissimo anche senza ombra. -

- Tu forse potrai vivere benissimo senza di lei, ma lei sicuramente non vivrà a lungo lontana da te. -

- Cosa vuoi dire? -

- Che la tua ombra, a furia di trasformarsi in mille cose diverse, finirà per non ricordarsi più qual'era la sua forma originale e a quel punto si disintegrerà. -

- No! -

- Eh già, e il brutto è che non possiamo fare niente, solo sperare che ritrovi da sola la strada di casa. Ma ora dimmi, non credo che tu abbia suonato alla mia porta solo per raccontarmi le tue peripezie. -

- In effetti no, volevo chiederti se puoi aiutarmi a raggiungere velocemente la Scozia. -

- Non hai mai pensato di prendere un aereo? Ce ne sono di ottimi e in paio d'ore saresti già ad Edimburgo. -

- Sì lo so, - risposi un po' imbarazzata - ma visto che ero qui da queste parti, speravo che tu... -

- Stavo scherzando, hai fatto benissimo a venire da me. Ho di là uno sciroppo, estratto da un fungo della foresta, che fa proprio al caso tuo. Ogni volta che ne prendi un cucchiaio puoi teletrasportarti in un luogo a tua scelta. -

- Perfetto! - esclamai - Ma perché l'altra volta non me l'hai dato? -

- Non volevo toglierti tutto il divertimento. Pensavo che avresti avuto più soddisfazione a compiere la tua impresa senza troppi aiuti. Ti avevo già dato l'ombra e la capacità di trasformarti. Mi sembrava sufficiente. Sennò alla fine facevo tutto io! -

Lo guardai stupita e poi gli dissi: - Ma lo sai Popi che sei davvero strano. Come se io mi divertissi a fare tutte queste cose assurde. -

- So che non lo ammetteresti mai, ma è proprio così. Ti conosco meglio di quanto tu conosca te stessa. E ora vieni, andiamo a prendere lo sciroppo. -

CAP. 16

Andammo nella grande stanza sul retro che già conoscevo e il mio amico sciamano dovette mettersi sulla punta dei piedi per raggiungere la mensola sulla quale era allineata una fila di boccette particolarmente polverose, una diversa dall'altra. Ne prese una e con uno straccio tolse la polvere di cui era ricoperta, poi si mise ad osservarla controluce.

- Era tanto che non tiravo giù di lì questo sciroppo. Ultimamente non mi sono spostato granché. Non ce n'è rimasto molto ma è ancora buono. Come puoi vedere, scrivo sempre la data di scadenza sui miei prodotti. -

Presi in mano la bottiglietta e lessi l'etichetta. Diceva: "Sciroppo del viaggiatore. Scadenza aprile 2.127"

- Sì, ho visto. - commentai - C'è ancora un po' di tempo. -

- Già, il tempo. - disse Popi facendosi a un tratto assorto - A volte sembra poco e vorremmo averne di più e a volte sembra invece non passare mai. Ci condiziona così tanto, eppure in realtà non esiste. -

- Come dici? -

- Niente, stavo solo divagando. -

- Va bene. Adesso ti saluto, perché devo partire di nuovo. -

- Prima di andare, vuoi fermarti un po' qui per riprendere fiato? -

- No, ho già perso anche troppo tempo. Chissà Gert cosa starà facendo in questo momento con quella donna. È meglio che non ci pensi sennò mi prende male. -

- Conoscevo un'altra persona animata dal tuo stesso sentimento. - fece lo sciamano sorridendo - Era un moro al servizio della repubblica veneta, un certo Otello. -

- Chi, il personaggio di Shakespeare? -

Popi non rispose e versò lo sciroppo in un cucchiaio stando attento a non sprecarne neanche una goccia, poi disse: - Ti darei tutta la boccetta da portare con te in modo da poterlo usare anche per il ritorno, ma come vedi non ce n'è più. -

- Intanto pensiamo all'andata. Per il ritorno si vedrà. -

- Benissimo. Ora di' a voce alta dove vuoi andare. -

Feci mente locale e poi dichiarai: - In Scozia, a due chilometri di distanza dal castello di Thurso. -

- Allora cara Dominique, buon viaggio e buona fortuna. - disse Popi e m'infilò il cucchiaio in bocca.

Avevo temuto che lo sciroppo avesse un sapore sgradevole, anche perché a me i funghi non piacciono molto, ma invece era buono perché sapeva un po' di lampone. L'ultima cosa che vidi fu il volto sorridente dello sciamano, poi tutto si frantumò come in un mosaico le cui tessere fossero andate improvvisamente fuori posto per ricomporsi subito dopo in un'immagine completamente diversa.

Ero giunta a destinazione in un istante però c'era un piccolo problema: il posto non era affatto come me l'ero immaginato. Avevo infatti pensato che mi sarei trovata in mezzo a vasti prati verdi pieni di pecorelle, mucche o cavalli al pascolo e invece ero finita in mezzo a una palude umida e malsana. Stava calando la notte e per di più stavo lentamente affondando nelle sabbie mobili.

Era una situazione piuttosto spiacevole e non presentava molte vie d'uscita. Non c'era infatti niente a portata di mano a cui aggrapparsi e inoltre più mi muovevo più affondavo rapidamente. Provai a trasformarmi in mostro ma in questo frangente la sua forza non mi era di alcun aiuto ed anzi il suo maggior peso mi faceva sprofondare ancora di più. Ripresi quindi subito il mio aspetto normale.

Se almeno avessi avuto con me ancora un po' dello sciroppo di Popi! Ma purtroppo lì non c'erano né sciroppi né pasticche né pomate, perciò sembrava proprio che la mia ora fosse suonata.

Anche se ormai avevo imparato che la morte, intesa come un completo e definitivo annullamento, in realtà non esisteva, ero comunque seccata che la mia eroica impresa finisse in una stupida pozza di fanghiglia.

Poi tutt'a un tratto accadde qualcosa. Quando la melma mi era ormai giunta alla gola, mi accorsi che le mie gambe potevano muoversi con maggiore libertà, come se fossero sbucate, da sotto, fuori dal fango e penzolassero libere nel vuoto. Poi sentii due forti mani afferrarmi per le caviglie e tirarmi giù con un forte strattone. Attraversai a razzo tutto lo strato di fango e mi ritrovai seduta in terra sul solido pavimento di una caverna sottostante. Era scarsamente illuminata e quando i miei occhi si furono abituati alla semioscurità, potei distinguere di fronte a me una strana creatura che mi guardava incuriosita tenendo in mano una piccola torcia la cui debole fiamma emetteva una flebile luce.

Nonostante fosse completamente ricoperto di pelo e sporco di terra, capii che era un uomo. Aveva gli occhi molto piccoli, quasi inesistenti, e il suo viso, o forse sarebbe meglio dire muso, era appuntito. Le gambe erano corte e le braccia invece molto lunghe e forti, con robuste unghie in cima alle dita. Mi chiesi chi fosse ma la mia mente non riusciva a trovare una risposta. Il mio intuito invece mi suggerì prontamente: - Ma è evidente: è un uomo talpa! -

È incredibile con quanta facilità l'intuito trovi risposte a quesiti davanti ai quali la mente razionale si arresta. Spero proprio che un giorno quest'ultima riesca a trovare la via d'accesso a questa saggezza che per ora le è preclusa.

Mi trovavo dunque di fronte a un uomo talpa. Va bene, ma chi mai sarebbe un uomo talpa? La risposta me la dette il diretto interessato: - Piacere, mi chiamo John Holedig e vivo per lo più sottoterra. Amo scavare lunghe gallerie e mi nutro di tuberi e radici. È stata davvero una fortuna che passassi qua sotto altrimenti avresti fatto una brutta fine. Le sabbie mobili non perdonano mai chi vi si avventura incautamente. -

- Il piacere è tutto mio. - risposi alzandomi da terra e porgendogli la mano che lui per poco non mi stritolò con una stretta simile alla morsa di una tenaglia.

- In passato ero un etologo - mi spiegò - e durante i miei studi sulle talpe fui morso da uno di questi curiosi e simpatici animaletti. Da quel momento iniziai a cambiare, acquisendo a poco a poco le loro abitudini e persino il loro aspetto. Un giorno feci sprofondare completamente la cucina di casa mia scavandovi sotto una galleria e allora mia moglie mi buttò fuori. -

- Oh, mi dispiace. - commentai.

- Ma no, in fondo è stato un bene, perché da allora posso vivere appieno la mia vita sotterranea, scavando tunnel e gallerie a mio piacimento. -

Non avevo mai sentito una storia del genere e se a raccontarmela non fosse stato proprio l'uomo talpa in persona, avrei avuto qualche difficoltà a credervi.

- Ma tu come sei finita in mezzo a questa palude? - mi chiese poi ed io gli narrai allora le mie avventure. Quand'ebbi finito si mise a ridere come un matto, poi, non appena poté riprendere fiato, esclamò: - E io che credevo che la mia storia potesse sembrare strana! -

Quindi, facendosi serio, aggiunse: - Hai davvero avuto una gran fortuna ad incontrare me, perché solo grazie alle mie gallerie è possibile raggiungere il castello di Thurso. Arrivarvi da sopra è pressoché impossibile perché è circondato da un grande anello di paludi all'interno del quale i lupi di Volkjlla fanno la guardia giorno e notte. -

- Dimentichi che posso trasformarmi in un mostro. -

- Non so in che razza di mostro tu possa trasformarti, ma non credo che possa tener testa a più di tremila lupi selvaggi. -

Tremila lupi selvaggi? Caspiterina, forse avevo davvero sottovalutato il mio nemico.

- Con le mie gallerie - mi spiegò l'uomo talpa - possiamo sbucare direttamente sotto il castello, nelle segrete, evitando così sia le paludi che i lupi. -

Mi accorsi tutto a un tratto che le talpe iniziavano a diventare simpatiche anche a me.

CAP. 17

Iniziammo a camminare, lui davanti e io dietro, lungo interminabili gallerie, alla luce incerta della sua fiaccola. Ogni tanto il percorso si biforcava o addirittura si diramava in tre o più direzioni diverse ed ogni volta John Holedig si fermava un attimo a riflettere, poi ne sceglieva una e procedeva spedito per quella via. Percorremmo così non so quanta strada, perché se è vero che eravamo solo a un paio di chilometri dal castello era anche vero che le gallerie non andavano quasi mai in linea retta ma zigzagavano in qua e in là. A un certo punto trovammo il tunnel ostruito da un grosso masso squadrato. L'uomo talpa si voltò verso di me e sussurrò: - Ecco, siamo arrivati. Dietro questo pietrone ci sono le segrete del castello. Ora dobbiamo fare molto piano. -

Dette quindi prova di notevole forza spingendo il masso in avanti con le sue lunghe e forti braccia. Sbucammo così nelle segrete che a prima vista sembravano deserte. Nonostante questo, il mio amico sembrava preoccupato e si guardava nervosamente intorno. Alla fine disse, sempre sottovoce: - La prima volta che giunsi qui non sapevo dov'ero finito. Se lo avessi saputo non ci sarei mai venuto. Quando me ne resi conto mi venne quasi un accidente. Feci subito dietrofront, rimisi a posto il masso e scappai ripromettendomi di non tornarvi mai più. Ora sono venuto solo per accompagnare te, ma a questo punto ti saluto, ti faccio tanti auguri e me ne vado. -

Mi porse la sua torcia dicendo: - Questa serve più a te che a me. Io al buio ci vedo bene anche senza. - poi mi sorrise e se ne andò sparendo nel tunnel e rimettendo a posto il masso che ne mimetizzava l'ingresso.

Gli fui grata per il suo aiuto prezioso ed anche per non avermi stretto di nuovo la mano che avevo ancora indolenzita dall'altra volta.

Decisi di trasformarmi subito in mostro non prevedendo di fare, lì dentro, dei gran begli incontri. Strinsi i pugni, irrigidii i muscoli ma rimasi tale e quale a prima, la solita esile e deboluccia Dominique. Per un attimo fui presa dal panico. Ero in un castello abitato e circondato da migliaia di belve feroci che non aspettavano altro che una fanciulla sprovveduta e inerme come me venisse a trovarli. Riprovai due o tre volte a trasformarmi ma non ci fu niente da fare. Oltretutto non potevo neanche tornare indietro da dove ero venuta perché così com'ero non avrei mai avuto la forza di spostare il pietrone che chiudeva l'ingresso del tunnel. Che situazione! Il destino mi aveva giocato davvero un bel tiro! A quel punto non potevo far altro che andare avanti e cercare una via d'uscita dalla trappola in cui mi ero cacciata.

Le segrete, come tutte le segrete che si rispettino, erano oscure, fredde ed umide. C'erano molte celle, alcune chiuse da piccoli ma spessi portoni, altre da inferriate. Mi sembrava però che all'interno di esse non vi fosse nessuno. Vagai per un bel po', finché, dopo aver svoltato non so quante volte passando da un angusto corridoio ad un altro angusto corridoio, improvvisamente mi sentii chiamare: - Dominique! Dominique! Sei proprio tu? -

Mi saltò il cuore in gola perché quella voce mi sembrava di conoscerla. Mi avvicinai alla cella da cui era giunto il richiamo, accostai la torcia alle sbarre e vidi un uomo, ma era Gert o non era Gert? La cosa non era così chiara perché sembrava proprio lui ma era molto più grasso, praticamente raddoppiato. Ora, a logica, se qualcuno viene rinchiuso in una segreta, anche se non vi è rimasto troppo a lungo, dovrebbe apparire comunque un po' sciupato e non florido e rotondo come un cocomero. Fu questo ragionamento ad impedirmi di esultare e di gettarmi, nonostante le sbarre, tra le sue braccia.

Le sue successive parole ebbero però il potere di sciogliere ogni mio dubbio come neve al sole: - Dominique, fiorellino! Come hai fatto a ritrovarmi? Dopo un anno avevo ormai perso ogni speranza di rivederti! -

Solo Gert poteva chiamarmi fiorellino o zuccherino o roba del genere, abitudine peraltro
che avrebbe mantenuto e addirittura incremen-
tato nella sua successiva esistenza come Lorelai. Mi slanciai verso le sbarre evitando per un
pelo di sbatterci i denti e lo abbracciai alla
meno peggio esclamando: - Oh, caro. Finalmente ti ho ritrovato! -

C'era però in ciò che aveva detto una cosa
che non mi tornava e non mancai di fargliela
notare: - Come sarebbe a dire 'dopo un anno'?
Sono passati solo alcuni giorni da quando sei
sparito da casa. -

- Vedi passerotto, ci sono tante cose che tu
non sai. - replicò.

- E tu invece le sai? -

- Sì, e quando te le avrò dette, tutto ti sarà
chiaro. -

Quando tergiversava e faceva il misterioso in
quel modo mi faceva sempre innervosire, però
ero troppo contenta di averlo ritrovato per spa-
zientirmi.

- Va bene, allora dimmele. Sono tutta orec-
chi. Prima però bisognerebbe tirarti fuori di lì. -

- Questo è facile, zuccherino. La chiave è lì
dietro di te, sul muro. -

Mi voltai e vidi in effetti una grossa chiave
appesa a un chiodo.

- Questa è un'altra cattiveria di Volkjlla, -
disse Gert mentre la prendevo - mettere la
chiave in bella vista ma fuori portata. Ho cerca-

to in tutti i modi di arrivarci ma non c'è stato verso. -

Aprii le sbarre e potei finalmente abbracciarlo come si deve e così facendo mi resi meglio conto di quanto fosse diventato grasso, però decisi per il momento di non fargli domande al riguardo.

Dopo tutte le effusioni del caso, Gert m'invitò a sedermi accanto a lui sulla tavola di legno che era probabilmente il suo scomodo giaciglio ed iniziò il suo racconto: - Devi sapere che Volkjlla fino a una decina di anni fa non era la regina dei lupi. -

- Ah no? E cos'era? -

- Era una donna del tutto normale, almeno all'apparenza. -

- Aspetta un attimo. - lo interruppi - Prima dimmi come fai a sapere queste cose. -

- Perché ho letto il suo diario. -

- Volkjlla tiene un diario? -

- È una delle poche abitudini che ha mantenuto dopo la trasformazione. -

- Quale trasformazione? -

- La sua. Come ti dicevo, Volkjlla era in origine una donna normale, o quasi, fino a quando non trovò su un barroccino di libri usati un antico trattato di 'magia minore'.

Minore significa che i poteri che si potevano acquisire studiando quel libro erano, per fortuna, limitati. Insegnava essenzialmente due cose: come sottomettere una e una sola specie animale e come avere poteri illimitati ma solo entro un ambito circoscritto, come ad esempio un bosco, una montagna, oppure una casa o un castello. Ora, se Volkjlla fosse stata una persona normale avrebbe scelto di avere dominio, che ne so, sulle colombe o i cani o i cavalli, mettendo in scena un magnifico spettacolo che le avrebbe procurato fama e denaro. Invece ha scelto di comandare sui lupi, ed io so anche il perché. -

- Perché? -

- Voleva vendicarsi su tutti gli uomini, del fidanzato Teodolindo che il giorno del loro matrimonio l'aveva abbandonata sull'altare fuggendo al grido di "Libertà! Libertà!". -

- Quindi è tutta colpa di questo Teodolindo. -

- Forse, anche se penso il poveretto abbia avuto i suoi buoni motivi per darsela a gambe. Ad ogni modo è per questo che Volkjlla ha scelto i lupi, dimostrandosi oltretutto una pessima regina. -

- In che senso? -

- Perché li ha ridotti in schiavitù e li ha resi anche più feroci e aggressivi di prima. Loro le obbediscono perché sono costretti ma in realtà la odiano. -

Dopo un attimo di silenzio per assimilare tutte queste rivelazioni, domandai: - E dei suoi poteri magici cosa mi dici? -

- Volkjlla ha poteri magici illimitati, ma solo entro le mura di questo castello. -

- Ecco perché prima non sono riuscita a trasformarmi! -

- Trasformarti? -

- E poi saprà anche che sono qui! -

- Su questo ci puoi scommettere, carina. - disse Volkjlla apparendo come dal nulla fuori dalla cella e chiudendoci dentro a tripla manda-ta.

- A quanto pare caro Gert, - aggiunse poi - il fato ha voluto che tu non trascorressi da solo la tua ultima notte. Domattina andrete tutti e due a fare un bel giretto fuori dal castello dove i miei amici lupi vi faranno una calorosa acco-glienza. Li ho già avvertiti e stanno già leccan-dosi i baffi. -

Detto questo proruppe in una risata beffarda e se ne andò. Era una scena decisamente mol-to teatrale che ero sicura di aver già visto in qualche film o forse in qualche cartone animato ma che dal vivo faceva, devo riconoscerlo, mol-to più effetto.

CAP. 18

Rimasti di nuovo soli e visto che avevamo tempo a sufficienza, narrai a Gert tutte le peripezie che mi avevano condotto fin lì, suscitando in lui non poca meraviglia. Poi gli chiesi di finire il suo racconto perché c'erano alcune cose che non mi tornavano. Mi ero infatti aspettata di trovarlo in tutt'altra situazione e cioè al fianco di Volkjlla, completamente irretito da lei, e non certo segregato in una fredda e buia cella nelle segrete del castello.

- Inizierò dal mio rapimento. - attaccò Gert - Volkjlla mi prelevò direttamente da casa. Ero lì che sbucciavo le patate quando me la vidi comparire davanti. Mi ordinò di seguirla e visto che era attorniata da un branco di lupi dall'aspetto poco amichevole, non mi parve il caso di sollevare obiezioni. Non appena fummo all'aperto fui colpito in testa, penso, con un bastone e persi i sensi. Quando ripresi conoscenza ero già qui nel castello, nella camera da letto di Volkjlla che aveva indosso solo una lunga vestaglia trasparente del tipo vedo-non vedo. -

- Vedo non vedo che cosa? - domandai.

- Come che cosa? Era del tipo vedo-non vedo. È chiaro, no? -

- Va bene va bene, andiamo avanti. -

- Lei era bellissima. -

- Va bene va bene, andiamo avanti. -

- Aspetta, lasciami raccontare. -

- E chi te lo impedisce? - Cominciavo a innervosirmi.

- Insomma lei era convinta che io... -

- Che te? Che te che cosa? -

- Vuoi stare un po' calma, per favore. -

- Io? Sono calmissima. -

- Bene. Insomma lei era convinta che sarei caduto come una pera cotta ai suoi piedi. -

- Chissà che puzza. -

- Come che puzza? -

- Di piedi. -

Stavo iniziando a parlare un po' a vanvera perché mi stava entrando un po' d'agitazione. Mi sentivo la testa surriscaldata e mi tornava in mente, chissà perché, quell'allusione fatta, secondo me assolutamente a sproposito, da Popi riguardo ad Otello.

- Insomma, lo vuoi proprio sapere? - disse infine Gert - Io ai suoi piedi non ci sono caduto! -

- Ah, e dove sei caduto? -

- Da nessuna parte. Ma non capisci, Dominique? Lei pensava di poter soggiogare qualsiasi uomo con la sua magia e invece con me non c'è riuscita! -

- E perché? - chiesi con un sorriso da ebete mentre la testa iniziava a sbollirmi.

- Ci ho ragionato un po' sopra e sono giunto alla conclusione che forse tutti gli altri uomini che lei aveva portato qui non erano già innamorati di un'altra donna, o forse non lo erano quanto me. Credo cioè che la sua magia non si fosse mai trovata di fronte al vero amore e ne sia uscita completamente sconfitta. -

Perbaccolina! Che cosa superromantica! Gli schioccai un bacio che non aveva nulla da invidiare a quelli che mi avrebbe dato Lorelai nella nostra prossima vita. Se l'era proprio meritato!

- Volkjlla non voleva accettare la propria sconfitta - proseguì - e mi tenne prigioniero in camera sua per tre giorni e tre notti tornando ogni tanto all'attacco con tentativi di seduzione sempre più estremi, ma alla fine si dovette rassegnare. Diventò una furia e mi rinchiuse quaggiù nutrendomi con cibi ipercalorici per farmi ingrassare in vista di darmi in pasto ai suoi lupi. Non avevi notato che mi sono un po' appesantito? -

Avrei voluto minimizzare e dirgli: - Forse, appena appena. - ma siccome ero fermamente convinta che un sano rapporto debba basarsi sulla sincerità e inoltre mi erano anche rimasti di traverso quei 'tentativi di seduzione sempre più estremi' di cui Gert mi aveva appena parlato, esclamai: - Ma certo che me ne sono accorta! Sembri un ippopotamo! Ma stai bene attento, non appena saremo fuori di qui ti metterò a dieta strettissima e tornerai com'eri prima. -

- Apprezzo il tuo ottimismo Dominique, ma non scorgo all'orizzonte grandi speranze per noi. Anche se fuori dal castello potrai di nuovo trasformarti in mostro, non credo tu possa farcela contro tutti quei lupi inferociti. -

- Mai dire mai, Gert. Piuttosto dimmi una cosa. Tu che hai letto il diario di quell'arpia, non hai scoperto se esiste qualcosa a cui la sua magia è legata e che noi potremmo distruggere? Un talismano, il suo libro… -

- Per cancellare il suo potere sui lupi dovremmo distruggere il suo libro di magia, che però lei tiene ben nascosto chissà dove. Invece per quanto riguarda le sue facoltà magiche il discorso è un tantino più complicato. -

- E cioè? -

- Quando Volkjlla ha scelto il castello come luogo in cui esercitare la sua magia, questo ne è stato completamente impregnato e perciò per sconfiggere il suo potere dovremmo raderlo al suolo completamente. -

A quel punto la conversazione sembrava giunta a un punto morto. Buttare giù un castello le cui mura di solida pietra avevano uno spessore di un paio di metri e forse più era un'impresa decisamente fuori portata. Rimanemmo in silenzio per un bel po'.

Dopo un po' ruppi il silenzio: - Non hai risposto però alla mia domanda. -

- Quale domanda? -

- Ti avevo chiesto di spiegarmi come mai hai

detto di essere qui da un anno mentre invece sono passati solo pochi giorni. -

- Ah, quello. È semplice. Qui nel castello il tempo scorre in modo diverso. Mentre fuori passano pochi giorni, qua dentro passa un anno. -

Dopo averci pensato un attimo dissi: - Allora quello che mi disse il fantasma di Adam Mac-Chicken nella Foresta Nera, e cioè che Volkjlla rapisce un uomo ogni trecento anni per poi divorargli il cuore... -

- Proprio così. In realtà quei trecento anni corrispondono qua dentro a non più di due o tre anni al massimo. -

- Ora ho capito. E a te ha riservato una sorte diversa perché l'hai rifiutata? -

- Sì. Da quanto le sto antipatico, credo che abbia paura che il mio cuore le rimanga sullo stomaco. -

CAP. 19

Aspettare l'alba rinchiusi nelle segrete di un castello ha un inconveniente non da poco e cioè che non capisci mai se è notte o giorno. Nonostante la situazione non fosse delle migliori, riuscimmo comunque a dormire un po'. L'essere di nuovo insieme ci confortava molto.

Il mattino ci fu comunque annunciato dall'arrivo delle guardie, otto per la precisione, bene armate e dall'aria feroce. Gert mi spiegò che in realtà erano lupi trasformati in uomini da Volkjlla, così come tutti gli altri soldati e servitori che avremmo incontrato all'interno del castello.

Ci condussero direttamente fuori, nel cortile d'ingresso e ci fecero fermare davanti all'enorme portone al di là del quale orde di lupi ci attendevano per farci la festa.

- Strano, - disse Gert guardandosi intorno - pensavo che Volkjlla sarebbe venuta a godersi la sua vittoria. -

- La vittoria è bella solo quand'è sudata, - disse la donna lupo comparendo dal nulla davanti a noi - ma con voi non c'è stato neanche bisogno di combattere. Non ho mai avuto avversari così insignificanti. Ad ogni modo guarderò dall'alto della torre la bella accoglienza che vi faranno i miei lupi. -

Adesso che la vedevo per la prima volta in piena luce, dovetti riconoscere che era davvero molto bella, tanto bella quanto cattiva e odiosa. Dovevo fare qualcosa per irritarla, per rovinarle la festa. Mi alzai sulla punta dei piedi e dopo aver preso tra le mani il viso di Gert, lo baciai a lungo sulla bocca, poi mi voltai sorridendo verso di lei. Per un attimo le sue gote avvamparono, ma riuscì subito a controllarsi. Senza aggiungere altro, rivolse lo sguardo altrove e si sollevò da terra volando in cima ad una delle due torri che si ergevano ai lati del grande portone d'ingresso che subito si aprì davanti a noi. Fummo spinti all'esterno e ci trovammo così sul ponte levatoio che scavalcava l'ampio fossato che circondava il castello. Una ventina di metri più in là c'erano ad attenderci i lupi. Non ne avevo mai visti così tanti tutti insieme e mi chiesi cosa mai fossero venuti a fare quelli delle ultime file a cui sicuramente non sarebbe toccato nulla del magro banchetto costituito da me e Gert.

Provai a trasformarmi ma evidentemente il ponte levatoio faceva ancora parte del castello ed era quindi sotto il potere di Volkjlla. Non appena però ne discesi mi tramutai dicendo a Gert: - Stai dietro di me! -

Non so se la grandezza e la forza del mostro

si regolava automaticamente in base all'avversario che aveva di fronte, però non avevo mai sentito tanta energia scorrere nel mio corpo che mi pareva diventato grande come mai prima di allora. I lupi rimasero disorientati sebbene la mia trasformazione non mettesse in discussione l'esito dello scontro, sempre indiscutibilmente a loro favore. Qualcosa però era cambiato: adesso quelli delle prime file non erano più destinati a mangiare più degli altri ma a buscarne di più. Mi voltai e guardai verso l'alto Volkjlla che in cima alla torre sembrava divertita. Da lassù infatti si rendeva ben conto della disparità di forze in campo. Per quanto possente potessi essere, cosa avrei potuto fare contro quella marea di belve feroci se non difendermi un po' più a lungo?

I lupi comunque ancora titubavano. Era chiaro però che quella situazione non poteva durare a lungo, così decisi di fare la prima mossa. Stavo per slanciarmi sulla prima fila di belve quando udii da lontano il suono di un clacson che suonava all'impazzata. Alzai lo sguardo, e anche Gert si affacciò da dietro di me, e vidi una grossa auto nera, grande più del normale, munita di una sorta di rostro sul davanti, che si faceva strada a tutta birra in mezzo ai lupi che al suo passaggio venivano proiettati di qua e di là.

- Hai visto? - dissi a Gert - Arrivano i nostri! -

- Ma chi è? -

- Non ne ho la minima idea. -

Ma quando la grande macchina ci raggiunse frapponendosi tra noi e le orde fameliche, la riconobbi subito. Come avrei potuto non riconoscerla, dato che era una parte di me che, come un novello figliol prodigo, aveva finalmente ritrovato la strada di casa? Sì, era proprio lei, la mia ombra, ed era arrivata proprio al momento giusto.

La sua idea dell'auto era davvero apprezzabile ma adesso che era tornata ero di nuovo io a dirigerla e così esclamai immediatamente: - Presto Ombra, forma una barriera invalicabile tra noi e queste bestiacce! -

Lei ubbidì prontamente trasformandosi in un muro nero, alto e naturalmente invalicabile che ci mise definitivamente al riparo da quelle migliaia di belve affamate.

Conclusa la fase difensiva, era giunto il momento di passare all'attacco. Non però dei lupi che in fondo erano anche loro vittime di Volkjlla. Il male doveva essere estirpato alla radice, perciò dissi: - Ombra, sdoppiati e con una parte di te corri a cercare il libro di magia di Volkjlla. -

Dal lungo muro di protezione si staccò una pantera nera che corse velocissima dentro il castello. La donna lupo dall'alto della torre non fece neanche in tempo a organizzare una contromossa che l'ombra era già di ritorno col libro di magia tra i denti. Me lo consegnò ed io lo sollevai mostrandolo a Volkjlla.

- Guarda un po' cosa ho qui! - le gridai - Lo riconosci? -

La donna lupo era impietrita dalla rabbia e mi guardava con occhi fiammeggianti. Eravamo però fuori dal suo castello e non poteva farci nulla. Questi due suoi avversari fino a pochi minuti prima così insignificanti stavano per distruggere il suo potere.

La mia ombra era ancora accanto a me sotto forma di pantera, così le gettai il libro dicendole: - Ombra, fanne coriandoli! -

Fu questione di un attimo e del libro di magia non rimase che un mucchietto di minuti frammenti di carta che una folata di vento disperse nell'aria.

Gert mi abbracciò e mi disse: - Hai un'ombra davvero fantastica. -

Credo che poche donne abbiano ricevuto un complimento del genere dal proprio compagno.

Rimaneva però una cosa da fare, perciò ordinai: - Ombra, trasformati in una gigantesca gru da demolizione e radi al suolo questo castello! -

L'enorme palla nera attaccata alla catena iniziò subito ad oscillare e a colpire violentemente le poderose mura di pietra che non poterono far altro che frantumarsi e cadere giù. Non dico che non mi dispiacesse distruggere quello splendido maniero che aveva coraggiosamente sfidato i secoli, ma purtroppo aveva avuto la sfortuna di essere infestato non da topi o fantasmi come qualsiasi altro castello, ma da quella peste di Volkjlla.

Quest'ultima, avendo perduto ogni potere magico, riprese il suo vero aspetto, ossia quello che aveva prima di trasformarsi nella bellissima donna lupo. Quando il polverone sollevato dalla demolizione si diradò vedemmo infatti una donnina tutta impolverata e scarruffata aggirarsi tra le macerie balbettando: - Dov'è finito il mio bel castello?... e il mio libro di magia?... Accidenti, devo proprio andare dalla parrucchiera... e poi in lavanderia... Ma guarda un po' quanto disordine... devo chiamare la donna delle pulizie... -

Era giunto il momento di tagliare la corda, perciò dissi: - Ombra, ricompattati e ridiventa l'auto di prima. -

- E tutti quei lupi? - chiese Gert con aria preoccupata.

- Ora che sono liberi si divideranno in branchi e torneranno alle loro terre d'origine. -

- Ma no, io dicevo che senza il muro ci attaccheranno! -

- No se montiamo subito a bordo e chiudiamo bene gli sportelli. -

Una volta dentro l'auto, vedemmo i lupi avvicinarsi, girarci intorno e dirigersi poi lentamente e minacciosamente verso Volkjlla.

- Non pensi, fiorellino, - chiese Gert - che dovremmo salvarla e portarla con noi? -

- Portarla con noi? Non mi sembra una buona idea, e poi non vorrei fare un torto ai lupi. Ombra, riparti a tutto gas e portaci via di qui. -

La nostra grande auto nera ripartì a tutta birra in mezzo ai lupi proiettandoli di qua e di là come quando era arrivata.

CAP. 20

Mentre viaggiavamo verso sud attraverso la campagna inglese comodamente seduti sul sedile posteriore della nostra fuoriserie, Gert mi domandò: - Senti zuccherino, mi spieghi perché se la tua ombra poteva trasformarsi in automobile, all'andata hai fatto tutta quella fatica pedalando in bicicletta? -

- Il motivo è molto semplice. Non ci avevo pensato. -

- Che cosa?! -

- Hai capito bene. Non mi era venuto in mente. -

Gert mi guardò stupito e poi si mise a ridere ma quello che avevo detto era la sacrosanta verità. Gli spiegai che all'inizio avevo subito pensato di chiedere all'ombra di trasformarsi in un aeroplano, ma quando lo sciamano mi aveva detto che non poteva volare, avevo affrettatamente concluso che agli spostamenti avrei dovuto pensare da me, dimenticando che esistono anche altri mezzi di locomozione.

Ma ormai questo non aveva più importanza,

perché tutto era andato a posto e stavamo tornando a casa, nella Foresta Nera.

Arrivammo a Londra verso sera e rimanemmo affascinati da quella metropoli così piena di luci e di vita. Eravamo nei primi anni settanta e Londra era piena di giovani dai capelli lunghi con variopinti abiti indianeggianti, a fiori ed uniformi colorate. Questo stile floreal-psichedelico non era presente solo nell'abbigliamento ma lo trovavi un po' dovunque: nei manifesti sui muri, nelle vetrine, negli arredamenti...

C'era poi musica dappertutto, e quasi sempre ottima musica.

Dopo tutte le disavventure che ci erano capitate negli ultimi tempi avevamo una gran voglia di divertirci ed eravamo giustamente convinti di essere nel posto giusto per poterlo fare. Giunti in Piccadilly Circus scendemmo dall'auto e dissi all'ombra, dopo averla naturalmente ringraziata, che per il momento non avevamo più bisogno di lei e poteva perciò riposarsi. Inaspettatamente mi dette un bacio su una gota, segno che anche lei era contenta di avermi ritrovato, e si distese in terra riattaccandosi ai miei piedi. Finalmente proiettavo di nuovo anch'io un'ombra come tutti gli altri. Sembra una cosa da niente ma come spesso succede, capisci il valore di qualcosa solo quando la perdi.

Sembrava incredibile, dopo essere scampati a così tanti pericoli, essere di nuovo insieme, lì a Londra. Ci sentivamo leggeri come se ci fossimo appena liberati di un pesante fardello.

Camminavamo a dieci centimetri da terra tenendoci per mano, la città era lì solo per noi.

Scendemmo dal marciapiede e fummo investiti in pieno da uno di quei caratteristici autobus rossi londinesi a due piani. Morimmo entrambi sul colpo ed io mi ritrovai improvvisamente nel salotto giallo, seduto davanti al grande tavolo di noce sul quale era posato il telefono scarlatto. Accanto a me c'era Lorelai che mi porgeva la scatola di biscotti ungheresi dicendo: - Senti piccioncino imbambolato, li vuoi o no questi biscotti? Non posso mica stare così tutto il giorno! -

La ringraziai, presi un biscotto e mi misi a sgranocchiarlo. Lorelai si sedette accanto a me mordicchiando a sua volta uno di quei biscotti che diceva di aver portato per me.

- Allora, - domandò - questo telefono è entrato definitivamente in sciopero? Non vuole proprio più suonare? Hai provato ad attaccare la spina? Ah già, la spina non c'è. Forse è per questo che non va bene. Non pensi che dovremmo mettergliene una? Per essere bello è bello, però se non funziona... -

Come facesse a dire tutte queste cose, mangiare il biscotto e non strozzarsi era un mistero.

- Il telefono va benissimo. - le risposi - Ho appena parlato con un tizio. -

- Quale tizio?! - esclamò spalancando i suoi grandi occhi azzurri - Quando ci hai parlato? Mentre ero di là? Accidenti, mi potevi chiamare! -

- Non ho fatto in tempo. Sono stato spedito nel passato a sistemare alcune cose rimaste in sospeso nella mia vita precedente e, pensa un po', c'eri anche tu... ed eri un uomo. -

Lorelai mi conosceva troppo bene per pensare che le stessi raccontando una frottola e così iniziò a protestare: - Accidenti, allora era una cosa che riguardava anche me! Questo telefono è proprio antipatico! Perché fa di questi favoritismi? Non capisco perché mi abbia voluto lasciar fuori da questa storia. -

Poi cambiò espressione e assumendo un'aria risoluta esclamò: - Ora mi sentirà! - e sollevò la cornetta per cantargliene quattro, a chi poi non si sa. Non appena però vi ebbe appoggiato l'orecchio, si bloccò rimanendo ferma a bocca aperta. Qualcuno le stava parlando e lei iniziò a rispondergli, quasi a monosillabi: - Sì, certo... Va bene... Scuse accettate... Come dice?... Mi sembra il minimo... Meglio tardi che mai... D'accordo. -

Riattaccò e subito scomparve davanti ai miei occhi, per ricomparire un attimo dopo.

Siccome non diceva niente ma restava lì imbambolata con lo sguardo perso nel vuoto, le domandai: - Cos'è successo? Chi era al telefono? -

Lei mi guardò, mi sorrise e mi chiese: - La sai una cosa? -

- No, dimmi. -

- Bisogna proprio che noi due impariamo a

stare più attenti, ad attraversare la strada. -